내일은 더 찬란하게 빛날

에게

사랑의 마음을 담아

이 책을 드립니다.

드림

인생노답
인생은 원래 답이 없다

구 본 경

의욕 부활 에세이

대경북스

인생노답

초판인쇄 | 2020년 3월 2일
초판발행 | 2020년 3월 5일
발행인 | 민유정
발행처 | 대경북스
ISBN 978-89-5676-807-6

KOMCA 승인필

이 도서의 국립중앙도서관 출판예정도서목록(CIP)은 서지정보유통지원
시스템 홈페이지(http://seoji.nl.go.kr)와 국가자료종합목록 구축시스템
(http://kolis-net.nl.go.kr)에서 이용하실 수 있습니다.
(CIP제어번호 : CIP2020008436)

등록번호 제 1-1003호
서울시 강동구 천중로42길 45(길동 379-15) 2F
전화: (02)485-1988, 485-2586~87 · 팩스: (02)485-1488
e-mail: dkbooks@chol.com · http://www.dkbooks.co.kr

의욕 부활 에세이

인생노답

구 본 경

대경북스

해와 달 그리고 나

구 본 경

이것을 희망이라 부르면 안 되나?
아침에 눈을 떴을 때
뿌연 안개 속 앞이 안 보여도
그 속을 조금씩 스며드는 희미한 햇빛에
앞이 있음을 느낄 수 있는 ….
내 앞에 무언가 있음에 기뻐하며 나아갈 수 있는
이것을 희망이라 부르면 안 되나?

이것을 사랑이라 부르면 안 되나?
한밤중 온 세상이 깜깜할 때
내 뒤에서 조용히 맴돌며
길을 밝혀 주고 지켜 주는 은은한 달빛에
혼자가 아님을 느낄 수 있는 ….
내 곁에 무언가 있음에 힘이 되고 나아갈 수 있는
이것을 사랑이라 부르면 안 되나?

이것을 내 마음이라 부르면 안 되나?
이른 아침 뿌연 안개 속 희미한 햇빛에
늦은 밤중 깜깜한 세상 속 은은한 달빛에
그래도 희망이라고
그래도 사랑이라고
스스로 힘을 얻으며 나아가려는 ….
이것을 내 마음이라 부르면 안 되나?

6

Chapter 1,

나는 왜 사는 일이 재미가 없을까

♫

"삶이란 시련과 같은 말이야

고개 좀 들고 어깨 펴 짜샤 형도 그랬단다

죽고 싶었지만 견뎌보니 괜찮더라

맘껏 울어라. 억지로 버텨라

내일은 내일의 해가 뜰테니

바람이 널 흔들고 소나기 널 적셔도 살아야 갖지 않겠니

더 울어라 젊은 인생아

져도 괜찮아 넘어지면 어때

살다보면 살아가다 보면

웃고 떠들며 이 날을 넌 추억할테니"

- 노라조 '형' 노랫말 중에서 -

집구석으로 도망치고 싶었던 어떤 날

"바람결이 창을 흔들고 내 키만 한 작은 나의 방 위로 아름답게 별빛들을 가득 채워 주네요. 셀 수 없이 많은 별들은 지쳐 있는 나를 어루만지며 내 맘속에 가득 담은 눈물 닦아 주네요. 많이 아파하지 마. 날 꼭 안은 채 다독여 주며 잘 자라 위로해 주네요."

– 유미의 '별' 노랫말 중

10년도 더 전의 어느 새해, 새해 복을 바라기는커녕 불투명한 내 미래를 걱정하느라 잠을 설쳤다. 흐르는 눈물을 주체하지 못하고 좁은 방에 누워 종일 '별'이라는 노래만 주야장천 들었다. 한참이 지나서야 정신을 차렸다. 다른 사람들은 수능 끝나고 신나게 놀러 다녔다는데, 나는 '수험표 할인'이라는 것이 있는 줄도 몰랐다. 수능을 망쳤다는 자괴감에 자신을 비관하며 매일매일 방에서 울기만 했으니 말이다.

신기하게도 수능이 끝나자마자 재수학원에 등록하라는 우편물들이 쉬지 않고 집으로 날아왔다. 차라리 재수라도 했으면 좋으련만, 당시 재수는 꿈꿀 수조차 없었다. 좋은 대학에 가야 성공한 인생을 산다고 철석같이 믿었기에, 좋은 대학에 가지 못한 내 인생은 이제 끝났다고 생각했다. 친구들을 만나는 것도 창피했다. 그렇게 처음으로 나의 노력은 수능과 대학 진학으로부터 배신당했다. 그리고 처음으로 살고 싶지 않다는 생각을 했다.

하지만 그로부터 10년도 더 지난 지금 나는 같은 노래를 들으며 다른 상황에서 다른 기분으로 글을 쓴다. 아직도 이 노래를 들으면 당시 절절했던 나의 생각과 감정이 어제 일처럼 떠오른다. 살고 싶지는 않았지만, 반대로 죽을 용기도 없었기에 살아야 했다. 그래서 '나 웃을래요' 하는 노랫말처럼 웃으려고 부단히도 노력했다. 하지만 시간이 지나, 울면서 갔던 그곳에서 사랑하는 사람들을 만나고 내 삶은 다시 이어졌다.

나는 안다. 사람은 누구나 자신만의 아픔을 가지고 있다는 것을. 그로 인해 가끔은 살고 싶지 않다는 생각을 하게 된다는 것도. 하지만 나는 이것도 안다. 정말 죽을 것같이 힘들고 아픈 상황도 마지막 순간까지 버티면 언젠가 진심으로 웃을 날이 온다는 것을.

몇 년 전 서울에서 대학원에 다닐 때, 밝고 똑똑하고 사교성도 좋은 동생 A를 만났다. A의 SNS 활동을 보면 많은 친구와 소통하고 있었다. 하지만 온라인에서는 쉽게 소통할 수 있던 A를 실제로 만나기는 무척 힘들었다. 잘 나가던 학교도 휴학하고 은둔생활을 하는 A는 큰 아픔을 안고 있었다.

평소와 다름없던 어느 아침에 A는 학교에 가려고 일찌감치 집을 나섰다. 너무 이른 아침이라 대학으로 가는 길가에는 문을 연 상점도 거의 없었고, 돌아다니는 사람도 없었다. 평소처럼 길을 걷던 A는 뒤따라오던 사람의 기척을 느끼지 못했다. 그 사람은 어느덧 바로 뒤까지 접근해서 A를 붙잡고 차가 세워진 곳으로 질질 끌고 갔다. 어떻게든 벗어나야 한다는 생각에 A는 계속 몸부림쳤고, 겨우 그 사람에게서 벗어나 죽을 힘을 다해 뛰어 가장 가까운 파출소로 도망갔다. 뒤늦게 경찰과 함께 그 자리로 갔지만, 이미 그 사람은 사라지고 없었다. 당시 있었던 상황을 설명했지만, 그 길목에는 목격자는 커녕 CCTV도 없었고, 제일 중요한 피해자인 A도 그 남자의 얼굴을 보지 못했다.

결국 그 사건은 그대로 흐지부지되었다. 다행히 별일 없이 끝났지만, A에겐 깊은 트라우마가 생겼다고 한다. 매일 다녔던 학교 가는 그 길이 너무 무섭다는 것이다. 지방에서 혼자 서울에 올라와 자취하고 있던 A는 절대 휴학은 안 된다는 아버지와 대판 말다툼을 하고 휴학한 뒤 고향 집에도 안 가고 자취방에서 혼자 우울하게 지냈다.

A와 이야기를 나누면 나눌수록 가슴이 아파왔다. 하지만 열심히 하루하루를 살아내는 A가 대견스럽기도 했다. A는 내가 편했든지 나와 만나는 동안 다른 아픔에 대해서도 이야기했다. 그중 하나가 의사이신 아버지가 자신에게 바라는 것과 자신이 바라는 삶이 너무 다르다는 것이었다. 나는 무조건 A가 바라는 삶이 옳은 길이라고 말해주었다. A 역시 내가 살고자 노력하는 모습에 감동했다고 말했다.

그렇게 A와 나는 몇 달을 붙어 다니며 도서관에서 공부도 함께하고 맛있는 음식점을 찾아다니기도 했다. 한동안 가지 않았던 그날의 그 길을 나와 함께 걸으며 새로운 추억으로 덮었다. A는 결국 트라우마를 잘 극복하고 다시 학교로 돌아왔다. 그 뒤로 서로 자기 일에 바빠 자주 보지는 못했지만 밝게 웃는 A를 보면 너무 감사하고 행복하다.

요즈음 각종 범죄와 사건 사고들이 끊이지 않는다. 뉴스에서 보도되는 자극적인 상황까지는 아니더라도 우리 주위에는 언제나 위험이 도사리고 있다.

다세대 주택가에서 혼자 자취를 하던 친구 B의 집은 여러 세대가 붙어 있던 집이었고, 금속으로 된 틀에 위아래가 모두 유리로 된 현관문이 있는 오래된 집이었다. 그날 평소보다 일찍 집에 돌아온 B는 샤워하던 중 쨍그랑 유리창 깨지는 소리를 들었다. 별생각 없이 화장실 문을 열어 본 B는 깨진 현관 유리문 사이로 손이 들어와 문을 열려고 하는 광경을 목격했다. 당황한 B는 소리를 크게 질렀고, 그 손 주인은 본인도 놀랐는지 후닥닥 도망갔다.

상황을 파악하면서 심호흡을 하던 B는 다시 한 번 경악했다. 도망 갔던 사람이 여자 혼자 사는 집이라는 걸 깨달았는지 다시 돌아와 강 제로 문을 열려고 한 것이다. 빈집털이범이 더 무서운 범죄자로 변하 는 순간이었다. 옆집에 그 옆집까지 들리도록 소리를 지르고 전화기 를 들고 큰소리로 경찰서에 신고했다. 다행히 집 근처 파출소에서 오 겠다는 응답이 왔고, 그 소리를 들었는지 범인은 다시 도망갔다. 곧 도착한 경찰은 범인을 못 잡는다는 말만 반복했다고 한다.

"너 어디야? 우리 집에 도둑이 들었어. 나 너무 무서워. 너한테 가면 안 돼?"

큰일을 당할 뻔한 B는 집에 도저히 혼자 있을 수 없어, 그날로 내 자취방으로 왔다. 당시 내가 살던 자취방은 화장실과 부엌도 공 용으로 쓰던 곳이라 왜소한 여자 둘이 누워도 꽉 찼다. 하지만 몸이 편한 것보다 마음이 편한 것이 좋았다. 한동안 우리는 서로의 외로 움과 미래에 대한 불안함을 위로하고 격려하며 지냈다. 다행히 B는 금방 회복되었고, 다시 예전처럼 씩씩해졌다. 그리고 B는 원래의 집으로 돌아갔지만, 각자 사소한 문제들과 스트레스가 생기면 서로 하소연하며 위로해주는 관계로 지내게 되었다.

어느 노래에는 '삶과 시련은 같은 말'이라는 노랫말이 들어 있 다. 그만큼 우리는 살아가면서 많은 시련을 만나고 넘어지고 가슴이 아프다. 마냥 행복하게만 살 수는 없을까? 가끔은 왜 나에게만 이런 시련을 주는지 속상할 때가 많다. 그럴 때는 모든 의욕을 잃어버리고 집구석에만 틀어박혀 있곤 한다.

살고자 하는 의욕을 잃어버린 사람은 자칫 극단적인 선택까지 하게 된다. 하지만 의욕은 언제든 다시 만들면 된다. 누구나 넘어진다. 절대 나만 그런 것은 아니다. 지금 너무 아프고 힘들어도 이 순간만 어떻게든 이겨내고 버티면 반드시 좋은 일은 찾아온다. 삶은 시련과도 같은 말이지만, 또한 기쁨과도 같은 말이다. 결국 살아 있는 사람만이 행복도 기쁨도 다 누릴 수 있기에.

나도 내가 왜 이러는지 모르겠다

"내가 한때는 말이야."

일명 '꼰대'로 불리는 사람들이 자주 쓰는 말 중의 하나다. 사람들은 자신의 기억을 매우 맹신한다. 그래서 남들이 아니라고 해도 자신의 지식과 기억에 의존해 자신이 신이라도 되는 듯이 행동한다. 하지만 사람의 기억이라는 것이 얼마나 믿지 못할 것인지, 내가 얼마나 부족한 사람인지 종종 깨닫게 된다.

열심히 공부하던 이십 대 중반 어느 날, 느닷없이 학교 과사무실에서 전화가 왔다. 내 학점이 부족해서 대학원 수료가 되지 않는다는 것이다. 이상하다. 분명히 잘 계산했는데…. 의아해 하며 다시 계산해 보니 조교 말이 맞았다. 내가 학점 계산을 잘못한 것이었다. 대학원 초반에 많은 과목을 들어 학점을 따놓고, 마지막 학기에는 로스쿨 입시 공부를 하려고 했다. 그동안 학점을 다 따놓았으니, 마지막 학기에는 입시 공부만 하자고 마음을 편히 먹고 있었는데, 학점 계산을 잘못한 것이다. 결국 어이 없는 실수로 한 학기를 더 다녀야 했다. 하지만 당장 등록금이 없고, 추가 학기는 학자금 대출도 안 됐다.

나 자신이 너무 한심하고, 속상했지만 어쩔 수 없다고 생각해 대학원은 포기하고 로스쿨 준비만 잘하자고 생각했다. 학교는 돈을 벌어서 다시 돌아가면 되니까. 이해할 수 없는 내 실수를 인정하기 싫어 사람들에게는 자퇴했다고 했다. 하지만 로스쿨 역시 계속 떨어졌다. 통장 잔고는 이미 밑바닥을 찍은 지 오래였다. 너무 힘들어 공부마저 놓아 버렸는데, 이룬 것도 성취한 것도 없는 나 자신이 너무 초라했다. 이렇게 두 번째로 내 노력이 배신당했다. 그리고 또다시 살고 싶지 않다는 생각이 스물스물 기어올라왔다.

첫 번째로 배신당했을 때에는 소심하게 방에서 혼자 울기만 했지만, 두 번째는 정말 발악을 했다. 난 뭘 해도 안 되는 사람이라고 낮아진 자존감을 눈물로 표현했고, 앞으로 뭘 해도 안 될 것 같다고 사라진 자신감을 화를 내며 표현했다. 그 시기에는 주위 사람들이 나로 인해 많이 힘들어 했다. 결국 사람들과의 연락도 다 끊어 버리고 내 방으로 침잠했다.

꽤 오랜 시간이 지나 지금 돌이켜 보면, 그 무렵에는 왜 그렇게 쉽게 무너지고 아파했는지 모르겠다. 지금 생각해 보면 참 철이 없었다. 하지만 그런 나를 끝까지 외면하지 않고 격려해 준 사람들이 있었다. 당시 무슨 말을 해 줬는지 기억이 하나도 나지 않지만, 적어도 혼자가 아니라는 것은 느낄 수 있었다. 나도 나를 이해 못하고 내가 싫은 순간에도 나를 포기하지 않은 사람들이 있어 그 수많은 시련을 이겨낼 수 있었다.

회사원들은 모두 가슴에 사직서를 품고 다닌다고 한다. 나 또한 공부를 포기하고 어렵사리 취업했으나 그 기쁨도 잠시, 가슴에 사직서를 품고 하루하루를 살았다. 상사의 괴롭힘과 부당한 처사에 견디기 힘들었던 것이다. 무엇보다 내가 원하는 일이 아니었기 때문에 일을 할수록 힘이 들었다.

하지만 이제 더는 도망갈 곳도 없다고 생각해 참고 또 참았다. 내가 하고 싶었던 공부를 마음껏 했으니 이제는 참고 돈을 벌어야 한다, 나만 힘든 것이 아니라 모든 사람이 다 참으면서 회사 생활을 한다고 스스로를 채찍질했다. 무엇보다 돈이 없어 힘들었던 시절로 돌아가고 싶지 않았고, 사랑하는 사람에게 피해를 주고 싶지 않았다.

이제는 정말 내 인생을 스스로 잘 꾸리고 싶었다. 하지만 나는 몸도 마음도 정말 약한 사람이다. 항상 실패만 했던 나이기에 퇴사를 내 인생의 또 다른 실패라 생각했다. 그사이 내 몸과 마음은 망가질 대로 망가졌다. 그래서 스스로를 학대했고, 언젠가부터 울다 지쳐 잠드는 날이 많아졌다. 하루는 남편이 자다가 눈을 떴는데 내가 울고 있어서 깜짝 놀란 적도 있다. 그때 남편은 내 어깨를 감싸 안으며 더는 힘들게 버티지 않아도 된다고, 당신은 충분히 잘했다고 위로해 주었다. 얼마 뒤 그 위로에 힘입어 용기 있게 사직서를 던졌다.

가끔은 나도 내가 왜 이러는지 모를 때가 있다. 어이없는 실수를 하는 것은 물론 끊임없이 짜증을 내거나 깊은 우울감에 젖어들기도 한다. 하지만 이런 나를 사랑해 주는 사람들이 주위에 있다. 지금 내 곁에는 정말 아무도 없고, 나 혼자뿐이라는 생각이 들 수도 있다. 그런데 어쩌면 혼자가 아니라는 사실을 미처 알아차리지 못하는 것은 아닐까?

"사람들이 누나가 밝고 대단하다고 하는데, 난 솔직히 왜 그렇게 말하는지 잘 모르겠어."

오래전 동생이 내게 했던 말이다. 한창 내가 밝게 꿈을 얘기하며 꼭 이룰 것이라고 의욕이 불타올랐을 때, 사람들은 내게 참 밝다고, 열심히 산다고 대단하다고 했다. 하지만 밖에서는 괜찮은 척했던 나도 집에만 오면 눈물 찔찔 짜는 울보가 되었다. 그런 내 모습을 보는 동생의 눈에 난 그냥 울보 누나였을 뿐이었다. 사람들이 저마다 나를 믿는다고 할 때에도, 동생만은 나를 참으로 많이 걱정해 주었다.

그건 동생뿐만이 아니었다. 가족들은 내가 너무 약하다고, 늘 강해져야 한다고 했다. 남들은 그렇게도 쉽게 해 주는 칭찬을 가족들에게서는 한 번도 들은 적이 없었다. 그래서 한창 힘들 때는 그것이 너무도 서운했다. 남들은 인정해 주는데 가족들이 나를 인정해 주지 않는다고, 그래서 날 사랑하지 않는다고 생각해서 서럽기도 했다. 가족에게조차 사랑받지 못하는 사람이라는 생각에 기운이 쭉 빠졌다. 그런데 여러 경조사를 겪어 내는 동안 따뜻한 말 한마디는 건네지 못해도 묵묵히 내 곁을 지키는 가족들을 보며 생각했다. '나를 사랑하지 않는 것이 아니라, 사랑하는 방법이 다른 거구나!'

"왜 밖에 나와 있어?"

"아, 조금 전까지 여기서 술 취한 사람들이 소리 지르면서 돌아다녀서. 곧 누나 올 시간이라."

가끔 귀가가 늦어질 때면 '어디냐'는 문자 후, 골목 앞에 동생이 나와 있었다. 누나가 걱정된다는 말은 하지 않았지만, 혹시나 내게 무슨 일이 생길까 마중 나온 것이다. 내가 공부 포기하고 살기 싫다고 발악할 때도 과사무실에 쪼그리고 앉아 그러지 말라고 두 시간 넘게 전화로 날 설득했던 동생이다.

돌아보면 나를 걱정해 주고 사랑해 주는 사람이 참 많다. 하지만 이런 관심과 걱정을 우리는 잘 모르고 살아간다. 어쩌면 우리 가족뿐 아니라 대부분의 가족이 가깝다는 이유로 더 이상의 표현을 하지 않은 채 살아가는 것은 아닐까. 이제부터라도 사랑하는 가족이 알 수 있도록 좀 더 말로 표현해 보자.

지치고 힘들 때마다 혼자라 생각하지 말고 사랑하는 사람들을 생각하자. 이런 모습의 나도 사랑해 주는 사람이 있다는 것을, 나는 절대 이 순간 혼자가 아니라는 것을 깨달으면 어떤 순간이 와도 잘 이겨낼 수 있을 것이다. 사랑만큼 강력한 것은 없으니까.

현실은 모두 고집불통

환하게 웃는 사람들을 보면 세상의 근심 걱정이라고는 하나도 없는 것처럼 보인다. 그래서 지금 울고 있는 내 모습과 대비되어 더 깊은 슬픔으로 빠져들 때도 있다. 하지만 이런 말이 있다.

"행복해서 웃는 것이 아니고, 웃어서 행복해요."

처음 이 말을 들었을 때 무슨 말도 안 되는 소리냐고 생각했다. 그런데 아직 오래 살지 않았지만 짧은 인생을 돌아보고, 만난 사람들을 생각해 보면 정말 맞는 말이라는 생각이 든다. 나만 빼고 다 행복해 보이는 얼굴을 하고 있던 그 사람들 모두 속으로는 울고 있다는 것을 몇 번이나 알게 되었으니까.

그날은 정말 폭발 일보 직전이었다. 직장 다니면서 누구나 스트레스를 받지만, 그날은 특별히 한 상사 때문에 스트레스가 터지기

직전이었다. 울지 않으려고 얼마나 애썼는지 모른다. 친한 동생 C
에게 회사를 그만둬야겠다는 문자를 보내자 곧 만나자는 회신이 왔
다. 맛난 거나 먹으면서 데이트하고 기분 풀자고 해서, C를 만나 이
런저런 이야기를 하다 보니 어느덧 내 기분이 많이 풀려 있었고, 그
러면서 자연스럽게 C의 이야기로 넘어갔다.

걸으로 보기에는 평범해 보이는 가정에 자상한 남자친구가 있
어 늘 밝게 웃는 C가 마냥 행복한 줄 알았다. 그런데 C에게도 말
못할 아픔이 있었다. C 아버지의 잦은 외도로 어머니가 너무 힘들
어 하셨고, 오래도록 그런 모습을 지켜보면서 자신도 그렇게 될까
두렵다고 했다. 그래서 남자친구가 조금이라도 의심스러운 행동을
보이면 불같이 화내고 자신도 모르게 집착했다고 한다. 그러다 보
니 자꾸만 남자친구와 싸우게 되고 또 속상해서 울고….

C의 아픈 가정사를 알게 되고, 덧붙여 그로 인해 생긴 상처로
상담까지 받았다는 말을 들으니 마냥 밝게만 보였던 C가 다르게 보
였다. 어린 나이에 저 아픔을 숨기고 웃기 위해 얼마나 노력했을까.
거기에 퇴사한다고 징징대는 나의 기분을 좋게 해 준다고 선뜻 나
와 준 C가 너무 고마웠다. 그래서 C의 아픔에 공감하고 이해해 주
며, 남자친구와 잘 지낼 수 있도록 조언도 성실히 해 주었다. 그렇
게 C도 나도 긴 시간 깊은 얘기를 나누고 헤어졌다.

이틀 뒤 내가 해 준 조언대로 했더니 남자친구가 정말 고마워하
고 더욱 사이가 깊어졌다는 말을 듣고는 너무 기분이 좋았다. 자신

의 이해 안 되는 행동 때문에 남자친구도 힘들었는데, 솔직하게 마음을 고백하자 남자친구도 C의 행동에서 자기 엄마의 미운 모습을 보았고 상처가 떠올라 힘들었다는 이야기를 털어놓았다고 한다. 남들이 부러워하는 좋은 직장에 번듯한 외모에 나쁠 것 하나 없어 보였던 C의 남자친구도 아픔이 있었다는 것을 알게 되자 '정말 사람은 저마다 아픔이 있구나' 다시 한 번 절실히 느꼈다.

요즘 우리나라의 이혼율이 매우 높다고 한다. 세 집에 한 집은 이혼할 정도라서 이혼이 더는 흠이 아니라는 말까지 나온다. 하지만 나는 어릴 때 이혼하지 않은 온전한 가정에서 사는 아이들을 보면 그렇게 행복해 보일 수 없었다. 하지만 보이는 것만이 다가 아니라는 사실을 알 수 있었던 계기가 있었다.

탐나는 물건들을 참 많이 가진 오빠가 있었다. 당시 나도 학생이었고, 그 오빠도 학생이라서 돈을 못 벌기는 마찬가지였는데, 늘 허름한 옷을 입고 다녔던 나와는 달리 그 오빠는 비싼 브랜드 옷만 입고 다녔고, 신발도 자주 바뀌었다. 당시 유행한 최신 스마트폰과 태블릿, 노트북까지 그야말로 없는 게 없었다. 부러운 마음에 이 비싼 물건들을 어떻게 구했냐고 물어보자 나이 많은 형이나 누나가 사 주었다고 했다. 그 오빠는 늦둥이여서 나이 많은 형과 누나들이 있었고, 부모님과 형제들에게 값비싸고 좋은 물건들을 선물로 잘 받았다. 가끔 가족 모임으로 좋은 곳에 가서 식사도 하곤 했는데, 그 모습을 보며 그런 가족을 가진 것이 참 부러웠다. 내가 진심으로 부럽다고 하니까 오빠는 멋쩍게 웃었다.

하지만 시간이 지나 어느 날 우연히 둘이서만 이야기할 기회가 생겼다. 모임 장소에 둘이 일찍 나와 다른 사람들을 기다리고 있었는데, 그때 그 오빠가 생각지도 못한 말을 했다. 사실 자신의 부모님은 20년 가까이 각방을 쓰고 계신다고. 사이가 너무 안 좋으셔서 집에선 서로 말도 안 하시지만, 남들에게 잘 보이시고자 겉으로만 화목한 척하신다는 것이다. 요즘에는 그마저도 심해져 어머니가 형이나 누나 집을 전전하며 지내시고 집에도 안 들어오셔서 너무 속상하다는 것이다. 그 말을 듣고 나는 아무말도 할 수 없었다. 마냥 화목하게만 보이는 집이었는데, 속으로는 오래 전부터 이미 깨진 가정이었다. 부모님의 그런 모습을 보고 자라면서 상처를 많이 받았지만, 누구에게 말도 못하고 마냥 화목한 척해야 했던 오빠도 얼마나 힘들었을까?

나는 겉으로도 부족한 것이 많아 보여 여기저기서 도움도 많이 받고 위로도 많이 받았다. 물론 그것으로도 채워지지 않을 만큼 힘든 적이 많았지만, 그 오빠는 남들에게 위로는커녕 잘 지내는 것처럼 보이기 위해 얼마나 많은 노력을 해야 했을까. 갑자기 복잡한 감정들이 뒤엉켰다. 내가 느끼지 못하는 아픔이기에 어떠한 위로도 할 수 없었다. 그저 몰랐다고만 했는데, 그 오빠는 나를 보며 자신의 아픔을 아무렇지도 않게 드러내고 그것을 이겨 내려 씩씩하게 노력하는 내 모습이 너무 대단해 보였다며 나를 칭찬했다. 그러지 못하는 자신과 비교돼서 너무 부러웠다고….

많은 사람이 살아가면서 저마다의 아픔을 가지고 있다. 그 오빠의 사연을 통해서 그 아픔을 숨기고 웃기 위해 사람들이 얼마나 노력하는지 알 수 있었다.

많은 일들은 꽤나 우연하게 일어난다. 그날도 아무 생각 없이 평소 잘 들어가 보지 않던 학교 홈페이지에 들어갔다. 홈페이지에는 성매매 탈출 청소년들의 공연을 위한 자원봉사자들을 뽑는다는 글이 올라와 있었다. 당시 아무 봉사활동을 하지 않아 뭐라도 해 봐야지 하던 참이었다. 너무도 생소한 주제였지만, 한편으로는 지금껏 만나 보지 못했던 사람을 만나는 기회라는 생각도 들었다.

그렇게 갑자기 자원봉사를 신청하고는, 혼자서 버스를 타고 1시간을 달려 봉사활동지에 도착했다. 그저 방문하는 사람들을 안내하는 일이었기에 어려울 것은 없었다. 다만 오랜 시간 서 있어서 다리가 아팠을 뿐…. 관람객들 안내가 끝나고 공연을 봐도 좋다는 허락을 받아 공연장으로 들어갔다. 뒤늦게 들어가 자리가 없어 또 맨 뒤에 선 채로 관람해야 해서 다리가 너무 아파 왔다. 하지만 나중에는 다리의 아픔을 잊을 정도로 가슴이 너무 아팠다.

"우린 어쩌다 태어났고, 그냥 자랐어."

"우린 사람들을 믿지 않아."

"세상은 아름답지 않아. 세상이 아름다우면 우리가 이런 일을 겪을 수 없어."

공연 중 나오는 대사 하나하나가 눈물이 되어 가슴으로 흘렀다. 같은 나라에 살면서 이런 일이 있는 줄 몰랐다. 난 그동안 성매매라는 말을 들으면 윤락가를 떠올리며, 스스로 잘못된 선택으로 인해 평생 후회하며 그런 일을 하는 줄로만 알았다.

아버지의 폭력과 외도를 이기지 못한 엄마가 홀연히 집을 떠나고, 자기도 아버지의 폭력을 이기지 못해 집을 나왔는데, 그 아이를 기다리는 것은 더 무시무시한 사회라는 지옥이 아닌가. 자신은 가출한 것이 아니라 탈출이었다고…. 자신을 이용해 돈을 벌려는 못된 사람들에게 붙잡혀 여기저기 낯선 사람들에게 수모를 당해야 했던 아이들. 도와 달라고 그렇게 외치고, 늘 엄마 엄마를 불렀지만 주위에는 아무도 없었다고 한다.

가족, 엄마라는 단어는 기분 좋지 않은 말이라고 눈물을 훔치며 말했다. 그런 그들에게 사람들은 '사회악이다', '더럽다'하며 손가락질하였고, 결국 학교에서도 퇴학당했다고 했다. 하지만 자신들이 팔리고 있다고 살려 달라고 할 때, 신고하면 자기도 잡힌다고 모른 척했던 높으신 분들, 단속에 한 번도 걸리지 않을 만큼 허술한 행정체계, 밖에선 잘난 척하면서 뒤로는 자신 같은 사람들을 돈 주고 사러 온 이중적인 어른들을 비난했다. 세상에나! 도대체 누가 사람의 가면을 쓰고 이런 짓을 하고 있다는 거지? 정말 믿기지 않았다.

공연을 끝내고 소감을 물었을 때, 한 아이가 대표해서 말했다.

"지금도 이런 일을 겪으며 힘들어하고 있을 수많은 아이를 대표해 저희가 공연을 했다는 것이 뿌듯하고, 또 슬퍼요."

공연이 끝나고 내가 다이어리를 가져가서 사인을 해 달라고 하자 웃으면서 아이들이 서로 자신이 사인하겠다고 싸웠다. 결국 승자가 되어 내게 사인을 해 주는 아이에게 몇 살이냐고 물으니 열다섯 살이라고 했다. 겉으로 보기엔 아무렇지도 않게 웃는 아이들을 보니 가슴이 아팠다. 그리고 그렇게 웃기까지 얼마나 많이 울었을지, 그 웃음을 지키기 위해 얼마나 많이 아팠을지 차마 상상도 되지 않았다.

그 후로 사람들의 아픔에 더 마음이 가서 틈틈이 여러 사연에 관심을 가지기 시작했다. 성매매에서 탈출한 사람들의 책도 읽었다. 특이하게도 그 책 이름이 《축하해》였다. 책 표지에는 이런 말이 적혀 있다.

"인디언들은 생일을 축하하지 않는다지. 그보다는 조금씩 나아짐을 축하한대. 용기 내어 새 삶으로 첫발을 디딘 걸 축하해. 누구나 이 세상에 온 아름다운 이유가 있대. 그 이유를 찾는 그날까지 포기하지 않을 너와 나를 미리 축하해."

책 표지에 적힌 글을 읽고 왜 제목이 《축하해》인지 느낄 수 있었다. 현실은 모두 고집불통이다. 너무나도 많은 사람이 이해할 수 없는 어려움을 당하며 아파하고 슬퍼한다. 가끔은 그런 사연을 들으면, 차마 내가 할 수 있는 말이 전혀 없음에 답답하기도 하다. 하지만 나를 포함해 오늘을 살아내는 사람들에게 말하고 싶다. 그동안의 어려움을 모두 이겨내고 오늘까지 살아와서 축하한다고, 그리고 앞으로의 어려움도 모두 극복할 것을 미리 축하한다고, 진심으로 축하한다고 말이다.

당신의 인생이 재미없는 진짜 이유

"살고 싶지 않아요. 삶이 재미없어요."

오랜만에 만난 친한 동생 D의 입에서 예상치도 못한 말이 툭 튀어나왔다. 예쁘고 학벌 좋고 늘 사랑스럽기만 했던 D에게서 갑자기 나온 말이라 처음에는 당황했지만, D가 처한 환경을 알기에 이내 이해가 되었다. D는 지금 다니는 회사가 너무 적성에도 안 맞고 하루하루가 힘들다고 했다. 그동안 너무 배우고 싶었던 분야가 있는데 장래가 불투명하고, 비록 자신의 전공과는 상관없지만 현재 직장이 연봉도 괜찮고 안정적이기 때문에 부모님이 무조건 참고 다니라고 해서 언쟁 중이라고 한다.

"종종 생각해요. 출근하는 길에 사고가 났으면 좋겠다. 무슨 일이 생기면 당당하게 회사를 안 나갈 수 있잖아요."

이렇게까지 말하고 생각할 정도면 그냥 회사를 그만두면 되는데, 왜 이렇게 힘들어할까. 안타깝기도 하지만 현실은 그렇게 간단하지 않다. 사실 D의 부모님은 사랑하는 딸이 잘되기를 누구보다도 바라는 사람들이다. D도 그것을 잘 알기에 자신을 이해 못하는 부모님이 야속하지만 미워할 수가 없다. 또한 부모 말이 100퍼센트 틀린 것이 아니라고 자신 역시 생각하기에 당당히 자기 뜻을 끝까지 밀어붙일 수 없다. D 또한 자신이 하고자 하는 일에 100퍼센트 확신이 서지 않는다고 했다. 특히나 부모님이 그 길은 너무 위험하고 안정성이 보장되지 않기에 딸이 남들에게 인정받으며 행복하게 살았으면 좋겠다고 하는 말에 공감도 간다고 했다. 하지만 이러지도 저러지도 못하는 자신의 모습에 화도 나고, 현실은 너무 힘들고 괴롭다고 했다.

우리 사회는 하루가 다르게 변하고 있다. 부모님 세대에는 공무원을 목표로 준비하는 사람들이 별로 없었다고 한다. 급성장하던 시기라 회사에서 열심히 일만 하면 인정받고 빠르게 승진하며 돈도 많이 벌 수 있었기 때문에 박봉이었던 공무원이 눈에 차지 않았던 시절이다. 하지만 빠르게 성장하던 사회에 급제동이 걸렸고, 평생 직장 개념이 사라지고 한 치 앞을 볼 수 없게 되어 버렸다. 그래서 공무원의 상징이라고 할 수 있는 안전성이 큰 매력으로 다가왔고, 내 자식만큼은 그런 안전한 곳에서 편안하게 지내기를 바란다.

그런데 부모님들이 간과한 사실이 하나 있다. 빠르게 위로만 쭉쭉 뻗어 가던 사회가 위로 올라가는 것을 멈추기만 한 것이 아니라 다양한 방향으로 뻗어 나가고 있다. 10년 전만 해도 상상하지 못했던 기기들이 쏟아져 나오고, 그런 기기에 빠르게 익숙해진 사람과 아직 적응하지 못하는 사람들의 간극은 더욱 커졌다. 농경 사회에서 산업혁명을 거쳐 3차 산업이 대세를 이룬 것처럼 이제는 정보전쟁 시대가 되어 버렸다. 그래서 우리 젊은 사람들조차도 너무 빨리 변하는 사회를 쫓아가는 일이 어지러울 지경이다. 특히 알아야 할 정보들은 왜 이렇게도 많은 건지….

평소 드라마를 잘 보지 않지만, 어느 날 우연히 본 드라마의 한 장면이 생각난다. 찰나의 장면이었지만, 매우 인상적이라 쉽게 잊혀지지 않는다. 주인공인 젊은 남자의 아버지는 텔레비전을 보며 혀를 찼다. 요즘 젊은이들은 그저 공부만 하고 세상 일에는 관심이 없다고. 예전 자신들은 어려운 사회를 이겨 보고자 노력했는데 요즘 젊은 사람들은 본인들 출세밖에는 모른다고. 그 말을 들은 젊은 남자가 말했다.

"예전에 데모하시던 분들은 다 어떻게 되셨나요? 국회의원 되셔서 잘 나가지 않나요. 그렇게 수업에 나가지 않고 데모하러 다니셔도 학점에 상관없이 다 잘 사시지 않나요? 하지만 우리는 어릴 때부터 뒤처지지 않게 경쟁만 해 왔어요. 행여나 사회에 관심을 가져도 한 번 낙인 찍히면 취업조차 힘들고, 도서관에서

매일 공부해도 경쟁자들을 이기기 힘든데, 우리가 어떻게 사회
에 관심을 가질 수 있나요? 이렇게 사회를 만드신 분들이 누구
인가요?"

하고 싶은 것만 하고 살 수는 없다고들 하지만, 드라마의 이 장
면을 보면서 그 당시의 어른들은 하고 싶은 것을 해서 사회를 변화
시키지 않았나 생각한다. 그 누구도 쪽잠 자며 돈 벌라고 하지 않았
고, 독재에 맞서 데모하라고 등 떠밀지도 않았다. 단지 본인의 양심
이 이끄는 대로 하셨고, 그 덕에 사회는 변화할 수 있었다.

요즈음 젊은 세대는 공동체의 공동 이익보다 개개인으로서의
존중을 원한다. 이러한 개인주의는 절대 이기적이지 않고, 사회를
발전에 해롭지도 않다. 그 누구도 소외당하지 않고 다름을 인정받
으며 인간답게 살기를 원할 뿐이다. 더이상 늦게까지 남아 일하는
것이 능사가 아니다. 과거에는 치열하게 일해서 나라를 발전시켰다
면, 이제는 독창성과 창의력이 필요한 시점이다.

젊은 사람들이 원하는 워라밸(Work and Life Balance)은 대
충 일하는 것이 아니다. 물론 대충 일하는 사람에게는 워라밸이 좋
은 핑계거리가 될 수도 있겠지만, 진정한 워라밸을 원하는 사람들
은 열정적으로 살고 싶은 사람들이다. 그리고 하나뿐인 인생에서
많은 경험을 하길 원한다. 취미를 직업으로 발전시키는 사람도 많
고, 부업이 본업보다 더 많은 수입을 가져올 수도 있다. 이는 개개

인의 성장에만 도움이 되는 것이 아니다. 이렇게 자유로워진 시간을 잘 활용해서 다양한 길을 개척한 사람들 덕분에 사회는 더 발전할 수 있어서 결과적으로 개인과 사회 모두에게 좋다.

인류는 아직 겪어보지 못한 미지의 시대에 다달았다. 폰이 낳은 인류라는 말이 틀리지 않게 이제 스마트폰은 사람들의 신체 일부처럼 되어버렸다. 너무 급변하는 사회에 정신 없이 휩쓸리다 눈 떠보니 멀게만 느껴졌던 정보화 시대 한복판에 서 있다. 지금은 공룡같던 거대 기업이 무너지고, 창고에서 시작한 신생 기업이 금세 공룡처럼 커지기도 한다. 공부에 방해만 되던 게임과 인생 낭비라던 SNS가 새로운 직업과 플랫폼을 창출하기도 한다. 그러면서 이로운 것과 해로운 것의 경계가 모호해졌다.

18세기 경 산업혁명이 일어났을 때 많은 사람들이 거부했지만, 거센 파도를 막지 못해 휩쓸렸고 지금까지 인류의 역사를 합친 것보다 더 큰 변화가 일어났다. 이제 '4차 산업혁명'이라 불리는 또한 번 거센 파도가 몰아치고 있다. 지금까지 살아온 방식으로 우리가 이 파도에 맞설 수 있을까?

이런 이야기를 나누다가 D에게 이제 안정적인 직장은 없다고 말했다. 솔직히 부모님이 좋아하시는 그 직장도 오래 못 갈 수 있다고. 그러자 D가 안 그래도 부모님께서 직장을 그만두려면 무조건 안정적인 공무원을 준비하라고 하셨다 했다. 그런 부모님의 마음을 이해하지 못하는 것은 아니지만, 그 안정성 하나로 공무원 생활을 하기에는 D가 가진 재능이 너무 아깝다고 했다. 이런 내 말을 들은 D는 자신이 재능이 있는지 솔직히 잘 모르겠다고, 패기로 도전했다가 실패하는 것이 너무 두렵다고 했다. 결국 내가 살아 주지 못하는 D의 소중한 인생이기에 난 조언만 할 뿐이고 후에 본인이 덜 후회할 길을 선택하라고 했다.

정말 고민하고 생각해서 말했지만, 결국 정답이 되지는 못했을 것이다. 왜냐하면 나도 D와 마찬가지로 방황하는 중이니까. 이 길이 맞는지, 저 길이 맞는지 분주하게 돌아다니면서 아직 결과를 찾지 못했으니까. 명쾌한 답을 내려 주지 못해서 미안하지만 어쩌겠는가. 우리 모두 미래의 일을 알 수 없으니.

오랜 기간 우리 사회는 농경사회였다. 오래전부터 내려오던 지식을 물려받아 그대로 실천하면 곡식은 잘 익었고, 가끔 가뭄이 들거나 홍수가 나면 날씨를 원망하면 되었다. 특별히 내가 선택해야 할 일도 없고, 그저 어른들의 말만 잘 들으면 되었다. 하지만 이제는 세상이 바뀌었다. 대부분의 사람들이 도시에서 산다. 빠른 산업화로 부모님들 역시 도시로 떠나 오셨고, 부단히 노력하셔서 지금의 사회를 만드셨다. 사람은 자신이 겪은 경험으로만 생각하기 때문에 우리를 너무 사랑하는 부모님은 자신이 겪은 경험에 기반해서 우리를 좋은 곳으로 인도하고자 조언한다.

그런데 조금만 생각해 봐도 이 길이 아닌데, 그 시대와 내가 살아내고 있는 이 시대는 너무 많은 것이 다른데, 이러지도 저러지도 못하고 주춤거리고 있으면 얼른 안 가고 뭐 하냐고 윽박지르는 소리가 들린다. 그럴 때마다 주춤거리고 아무것도 못하는 내가 나도 한심하고 답답하다. 하지만 앞에 어떤 일이 벌어질지 아무도 모르고, 가르쳐 줄 수 있는 사람이 없는데 주춤거리고 망설이는 것은 당연하지 않을까. 왜 자꾸 앞으로 안 나가느냐고, 남들이 많이 가는 길이 정답이라고 등 떠밀지만, 내게는 스스로 고민해서 문제를 풀 시간이 필요하다.

주위에 부모님과 장래 문제로 다투는 사람들이 많다. 안타깝게도 부모님들은 우리와 너무 다른 시대를 사셨기 때문에 우리의 고민을 다 이해하지 못한다. 누군가가 명쾌한 길을 알려 주면서 이 길을 가 보았더니 어땠다고 말해 주는 사람이 있으면 좋겠지만, 그 누구도 우리가 지금 걷는 길의 끝에 가 보지 못했다. 몇 개밖에 없던 길이 갑자기 수없이 불어났으니 우왕좌왕하는 것은 당연하다.

역사적으로 위대한 탐험가는 미지의 장소를 향해 용기를 내어 길을 떠났고, 그 결과 새로운 길을 개척하였다. 우리 앞에 놓인 수많은 길 중에서, 지금도 새로 생겨나는 더 많은 길 속에서, 길을 잃고 방황하지만 이런 나를 한심하게 생각하지 말자. 우선 용기를 내어 힘차게 가 보자.

나뿐만 아니라 그 누구도 정답을 알지 못한다. 모두들 너무 두렵고 설레지만, 열심히 그리고 조심조심 앞으로 내딛는 중이다. 그러니 지금 방황하고 주춤하는 것에 너무 속상해 하지 말자.

'멍청이'라는 말에 상처받았다면 진짜 '멍청이'이기 때문

꼭 그럴 때가 있다. 상대방이 쉽게 내뱉은 말 한마디가 계속 맴돌며 상처를 주는 것이다. 이럴 때는 속상함에서 끝나지 않고, 그 말을 자꾸 곱씹다 보면 더 화가 나게 된다. 잊어버리려고 해도 계속 생각나는 것은 내가 특별히 그 말에 더 예민하기 때문이다. 보통 피부는 눌러도 눌렸다는 느낌만 날 뿐 아프지는 않다. 하지만 상처가 난 부위는 살짝만 건드려도 펄쩍 뛸 정도로 아프다. 눈에 보이는 상처는 피해서 건드리지 않으면 되지만, 마음의 상처는 보이지 않기에 피하기가 어렵다. 내가 자꾸 마음이 아프다면 내 마음속에 있는 생채기들이 자꾸만 눌리기 때문일 것이다. 그래서 나를 아프게 한 상대방을 탓하고 화내기 전에 내 마음을 점검할 필요가 있다.

어릴 적부터 내 별명은 조류를 지칭하는 것들 뿐이었다. 시기에 따라 조금씩 달라지긴 했지만 주로 오리, 타조, 또치(아기공룡 둘리에 나오는 조류 캐릭터), 닭 등이었다. 보통 조류들의 특성이 얼굴이 작고 부리가 나왔다. 성인이 돼서 치아를 교정하기 전까지 나는 뻐드렁니에 돌출 입이라 그런 별명으로 불려졌다.

이런 얼굴 모양이 너무 창피하고 싫었기에 친구들이 별명을 부르면 속상했다. 나를 놀린다고만 생각했다. 특히나 학창 시절 좋아했던 남학생에게 나의 입 모양 때문에 놀림을 받고 거절당하자, 자신에 대한 외모 비하는 극에 달했다. 얼굴이 창피하여 앞머리를 길게 길러서 가렸고, 땅만 보며 다닌 적도 있다. 그래서 누가 나에게 빈말이라도 예쁘다고 하면 오히려 놀린다고 생각해 화를 냈던 적도 있다. 웃으면 입이 더 잘 보이니까 웃지도 않아 표정은 어두웠고, 그런 내 모습은 더욱 못생겨 보였다. 지금 돌이켜보면 나 자신도 내 얼굴을 사랑하지 못하고 창피해 했는데 누가 내 얼굴을 좋게 바라볼 수 있었을까 싶다.

대학을 졸업하고 치아 교정을 너무 하고 싶어 치아 검사를 무료로 해 준다는 치과를 찾아갔다. 검사를 받은 후 상담하는데 내 치아의 변형이 너무 심해서 치료비용이 어마어마하게 들 것이라고 했다. 상담을 받으면서 펑펑 울자, 치과 직원이 놀라서 왜 그러냐고 했다. 어릴 때부터 치아로 너무 상처를 많이 받아 꼭 교정하고 싶은데 지금 상황이 그렇게 큰돈을 마련하지 못해서 한동안 이런 치아로 살 생각하니 너무 속상해서 자꾸 눈물이 난다고 했다. 그런 나를 딱하게 보던 직원은 나갔다 들어오더니 그렇게까지 하고 싶으면 3년 동안 돈을 나눠서 내라고 해 주었다. 매달 내는 돈의 부담이 적어져 그 정도는 아르바이트로 감당될 것 같아 얼른 그렇게 한다고 했다. 그뒤 교정을 하면서 너무 아파 밥도 잘 못 먹고 힘들어서 살이 쭉쭉 빠졌지만, 기분은 그 어느 때보다도 좋았다.

마침내 교정이 끝나자 이후로는 계속 웃고 다녔다. 그런데 이상했다. 분명히 교정해서 입이 들어갔는데 사람들은 계속 나를 조류를 지칭하는 별명으로 불렀다. 나는 그냥 조류를 닮은 것이었고, 그 별명을 부르는 어투에는 그 어떤 비하나 조롱도 담겨 있지 않았던 것이다. 오히려 남편은 조류를 닮아 너무 귀엽고 사랑스럽다고까지 이야기하니, 그렇게 싫었던 조류들이 어느새 귀엽게 보였다. 그리고 교정해서 치아가 예뻐지니 이제는 갸름하지 못한 내 턱과 튀어나온 광대뼈가 눈에 들어왔다. 아이고, 이건 안면윤곽 성형을 해야 하는데, 돈도 돈이지만 얼마나 아프고 힘들까?

사람의 욕심은 정말 끝이 없는 것 같다. 미워 보였던 하나가 해결되면 또 다른 하나가 보이니 말이다. 이런 식으로면 온몸을 뜯어고치지 않는 이상 스스로 만족 못 할 것이다. 아니, 다 뜯어고쳐도 마음에 들지 않는 부분이 또 보일 것이다. 학창 시절 나는 세계 최고로 못생겼다고 생각해 결혼도 못 할 것이고, 사랑도 받지 못할 것이라고 생각했다. 그래서 어차피 혼자 살 인생이니 공부라도 열심히 해서 무시는 받지 말자고 생각했다. 하지만 난 현재 결혼을 했고, 세상 누구보다 많은 사랑을 받고 있다. 이젠 내 얼굴이 창피하지 않기에 누가 못생겼다고 해도 그저 웃어넘길 뿐이고, 조류 닮았다고 해도 조류들이 너무 귀엽게 생기지 않았냐며 오히려 되받아친다. 지금은 얼굴이 콤플렉스가 아니니 외모에 관한 어떤 말을 해도 상처가 되지 않는다.

감동적이고 재미있게 읽은 책 중에 ≪바보빅터≫라는 책이 있다. 아이큐가 173이나 되는 천재지만 어눌하고 느린 행동으로 바보라고 놀림 받았던 사람의 이야기다. 아이큐 검사에서 173이라는 경이로운 기록이 나왔지만, 선생님의 실수로 173이 아닌 73으로 생활기록부에 기록되었고, 한 학생이 이를 보고 소문을 퍼뜨려 돌고래와 수준이 같은 바보로 자기 자신의 가능성을 닫아 버린 채로 한참을 살았다. 하지만 우연한 기회로 자신의 재능을 펼치고 자신이 천재임을 알게 되면서 날개를 펴고 힘껏 날아오른다.

재미있는 소설로만 봤는데 알고 보니 실화를 바탕으로 쓰여진 책이었다. 빅터 세리브리아코프 멘사 회장이 어릴 적에 체험했던 이야기를 소설로 각색한 것이다. 이렇게 천재가 바보로 살 수도 있다니, 사람의 편견과 생각이 얼마나 위험한지 알 수 있었다. 어쩌면 우리도 엄청난 가능성을 가진 사람인데, 스스로 사람들의 말에 상처를 받아 자기의 날개를 꺾어버린 것은 아닐까?

실제로 사람들은 외모, 성적 등 보이는 것으로 많은 것을 판단한다. 나는 학창 시절 반이 바뀔 때면 어리바리한 표정과 놀기 좋아하는 행동 때문에 공부 못하는 아이로 낙인이 찍혔다. 그러다 첫 시험을 치르고 성적이 나오면 나를 잘 몰랐던 반 친구들은 놀라는 표정으로 나를 바라봤다.

이런 일은 친구뿐만이 아니었다. 어릴 때부터 글짓기 대회마다 꼬박꼬박 참가했다. 하루는 학년이 바뀌고 첫 글짓기 대회에 참가했는데, 하필 그날이 과학 실험 평가가 있는 날이었다. 대회 참가로 불참했는데, 후에 평가 점수를 보니 내 점수가 우리 반에서 꼴찌였다. 바로 과학 선생님께 찾아가서 공적인 일로 불참했는데 왜 점수를 최하로 주냐고, 평균 점수를 주거나 재평가 기회를 주는 것이 보통인데 지금 처사는 너무하다고 말씀드렸다. 그런데 선생님이 화를 내시면서 네가 지금 당장 혼자 실험하면 이것보다 잘 나올 수 있을 것 같냐고 하셨다. 순간 어이가 없었다. 아니 실험 내용이 뭔지도 모르고 무엇보다 다함께 하는 실험을 지금 당장 혼자 해 보라니…. 너무 황당해서 아무 말도 못 하고 자리로 돌아왔다. 그런데 생각하면 할수록 분하고 억울했다. 그래서 무슨 일이 있어도 과학만은 최고점을 받겠노라 주먹을 불끈 쥐었다.

열심히 공부해서 곧 있던 중간고사에서 반에서 최고점을 받았다. 그러자 나에게 화내셨던 선생님께서 멋쩍어하시면서 평소 친구들과 어울리는 내 행동을 보고 으레 공부 못하는 학생이라고 생각했는데 아니었구나 하셨다. 당시 나는 반에서 공부 잘한다는 학생들과 어울리지 않았고, 내 친구들은 공부는 못하지만 밝고 착한 아이들이었다. 공부는 내가 도와주고 내게 힘든 일이 생기면 누구보다도 날 걱정해 주고 챙겨 주는 친구들이었다. 그때 보이는 것으로 얼마나 많은 편견이 생길 수 있는지 처음으로 깨달았다.

만약 그때 내가 선생님의 편견을 그대로 받아들이고 자신을 낮추었다면 평생 공부 못하고 놀기만 하는 사람으로 살지 않았을까. 사람들은 내게 웃는 모습이 참 예쁘다고 한다. 예전에도 내 치아를 창피해하지 않고 자랑스럽게 웃고 다녔다면 덜 상처 받고 내 외모를 사랑할 수 있지 않았을까.

많은 사람이 남들, 그리고 스스로의 편견으로 무한한 가능성을 닫고 사는 것 같아 안타깝다. 지금까지 많은 사람을 만나면서 각자 자신의 재능을 낮추거나 별것이 아니라고 치부하는 것을 봐 왔다. 그래야할 필요가 있을까? 당신은 너무나도 소중한 사람이고, 너무나도 큰 날개를 숨기고 있느라 힘든 것이다. 이제 그 큰 날개를 숨기느라 힘 빼지 말고, 활짝 펴서 훨훨 날아 보자.

행복은 우연히 오지 않아요

사람들은 욕심도 많고 편한 것을 좋아한다. 나 역시도 마찬가지다. 하지만 이게 심해서 내 인생을 통째로 남에게 맡겨 버리고, 남이 이끄는 대로 살아가려는 사람이 있다. 이러한 사람에게는 행복도, 불행도 자기 손안에 있지 않다. 오로지 내 인생을 짊어진 남이 어떻게 해 주느냐에 따라 희비가 엇갈린다. 멀쩡한 두 다리로 열심히 걸어가면 되는데 힘들다고 앉아 나 좀 저기로 데려다 달라고 사람들에게 부탁하는 것이다. 그러다 아무도 해 주지 않으면 불평 불만이 쌓인다. 이런 사람이 있을까 싶었는데 실제로 만나 보니 놀라웠다.

우연히 알게 된 언니 E가 있었다. 무조건 돈 많은 남자와 결혼해야 한다고 말하고 다녔는데, 처음에는 사람마다 원하는 삶의 방식이 다르니까 그려려니 했다. 그런데 만날 때마다 돈 이야기만 하고,

돈 있는 남자와 결혼해야 헤어져도 한몫 챙길 수 있다고 하기에 "언니에겐 결혼이 비즈니스네요."하고 씁쓸하게 말했다. 그러자 조금도 흔들리는 기색 없이 어차피 모든 인간관계가 다 비즈니스라며 아주 당당하게 말했다. 더는 대화를 하고 싶지도 않아 입을 다물었는데, 옆에 있던 다른 언니가 욱해서 넌 그러면 그 돈 많은 사람이 너 무시하고 멋대로 해도 괜찮냐고 약간 언성을 높였다. 이 물음에도 E는 더없이 당당했다. 안 그래도 돈 많은 전 남자친구들이 자신에게 함부로 해서 받을 것만 받아 한몫 챙기고 헤어졌다는 것이다. 들으면 들을수록 마음이 불편해져서 얼른 주제를 다른 쪽으로 돌렸다.

이후 결혼을 했고, 아이를 낳고는 독박 육아로 힘들다기에 위로를 하다 어느 순간부터는 안타깝다는 생각이 싹 가셨다. 남편이 돈이 많아 결혼했을 뿐이라면서 왜 군이 육아를 같이 하려고 하는 것일까? 이후에도 열심히 공부하는 동생들에게 이거 배워도 돈 많이 못 번다고 말하더니, 결국 본인은 중간에 배우던 것을 멈췄다. 마지막으로 E를 만났을 때 한국에서는 애 키우기가 힘들다고 불평하더니 남편은 한국에 두고 애들만 데리고 이민을 간다고 했다.

정말 돈만 많으면 다 좋을까? 한국이 안 좋다고 불평 불만이 많은데 한국이 아닌 외국에서는 무조건 행복할까? 좋은 대학 나왔다면서 자신이 돈 벌 생각은 하지 못하고 왜 돈 많은 남자를 만나려고만 할까? E와 얘기를 하면 많은 질문이 떠올라 머리가 복잡해졌다. 나와 너무 다른 생각을 하는 사람을 만나면 자꾸만 머리가 복잡해진다.

돈이 많아야 행복할 수 있다는 생각이 잘못됐다고 말할 생각은 추호도 없다. 사람마다 원하는 것이 다르니까 그럴 수 있다. 그런데 내가 돈을 간절히 원한다면 누군가에게서 얻을 것이 아니라 스스로 열심히 벌 궁리를 해야 하지 않을까. 능력 있는 사람을 만나는 것이 아니라, 스스로 능력 있는 사람이 되려고 해야 하지 않을까? 백마 탄 왕자님이나 공주님을 기다리는 사람은 많지만, 자신이 백마 탄 왕이 되려는 사람은 별로 없다.

사람은 누구나 행복하길 바란다. 그리고 행복해질 수 있는 조건은 사람마다 천차만별이다. 하지만 행복의 조건 중에 공통적인 내용이 있다. 첫 번째는 내 행복은 남이 아닌 오로지 내가 만들 수 있다는 것이다. 두 번째는 자신을 하찮은 사람으로 만들지 말아야 한다는 것이다.

"언니는 부족함 없이 걱정, 고민 안 하고 살아온 사람 같아요."

최근에 친해진 동생 F가 어느 날 나에게 이런 말을 했다. 나의 과거를 모르고 현재의 내 모습만 봤을 때, 걱정·근심 없이 사랑받으며 풍족히 살아온 것처럼 보인다고 했다. 뒤늦게 다시 새로운 공부를 하러 다닌다고 매일 청바지에 티셔츠를 입고 몇 천 원하는 천 가방을 메고 다닐 때라 외모만으로 그렇게 판단했을 리 없다. 아마도 지금의 내 모습이 편안해 보이기 때문일 것이다. 그렇게 이야기하는 F에게 나는 환하게 웃으면서 지금껏 정말 힘들었지만 부단히 노력해서 환경을 변화시키는 중이라고만 했다. 내가 지금처럼 행복해하기 위해 얼마나 노력했는지, 얼마나 노력 중인지 겉모습만 보고서는 사람들은 절대 알 수 없을 테니까.

고등학생 때의 내 모습은 지금과 완전히 딴판이었다. 당시 누가 나에게 검은 오로라가 보인다고 했다. 특히 2학년 때는 웃지도 울지도 않고 묵묵히 공부만 했다. 같이 놀던 친구가 내 말에 오해하고 상처받아 반 친구들에게 내 욕을 계속 하고 다녔다. 대놓고 수군거리는 소리가 들렸지만 해명하기도 귀찮았다. 집에서는 최근 같이 살기 시작한 아빠와의 갈등이 극에 달해 서로 말도 하지 않았다. 어린 나이였지만 사는 것이 너무도 재미없었다. 하지만 내 삶을 놓아 버릴 용기는 나지 않아 묵묵히 공부만 했다. 공부 열심히 해서 어떻게든 좋은 대학에 가 나를 무시하는 사람들과 세상을 반대로 무시해 주고만 싶었다.

그러던 중에 담임선생님께서 조용히 나를 부르셨다. 1학년 때보다 성적은 오르고 있지만 내가 걱정된다고 하셨다. 표정이 너무 어둡다고, 무슨 일 있냐고 물어보셨다. 한참을 고개만 떨구고 있다가 겨우 힘을 내서 사는 것이 너무 힘들다는 말을 쏟아 냈다. 그러자 선생님께서 굉장히 조심스럽게 청소년 지도를 아주 잘하시는 분이 계신데, 그분과 얘기해 보는 것이 어떻겠냐고 하셨다. 한두 시간 더 공부하는 것보다 내 맘을 먼저 다스리는 것이 중요하다는 선생님의 설득에, 선생님을 제외한 모두에게 비밀로 하고 일주일에 한 번 그분을 만나기로 했다.

얼마 뒤부터 반 친구들에게는 집안 사정으로 야간자율학습을 빠진다고 말하고, 가족들에게는 학교에서 늦게 오는 것으로 하고는, 금요일 저녁마다 심리상담사 선생님을 찾아갔다. 처음에는 선생님이 보호자로 함께 가 주셨다. 여러 가지 테스트를 받았는데, 그분은 내게 극도의 스트레스와 우울증이 있다고 하셨다. 그러면서 사소한 것이라도 좋으니 편하게 다 이야기해 보라고 하셨다.

상담사 선생님께서 더는 올 필요가 없다고 할 때까지 몇 달 동안 다니면서 많은 이야기를 나눴지만, 당시 오갔던 이야기의 내용이 지금은 하나도 기억나지 않는다. 그분 성함과 얼굴도 기억나지 않는다. 무의식적으로 학창 시절 안 좋았던 기억은 다 잊으려 노력했기 때문일지도 모른다. 하지만 그분의 따뜻했던 말과 행동은 기억에 남는다. 그 따뜻함 덕분에 꽁꽁 얼어붙었던 내 마음이 녹아 내렸다. 세상은 너무 힘든 곳이지만, 한편 따뜻한 곳임을 깨달았고 그래서 열심히 살아 내고 싶어졌다.

우울증은 감기와도 같다. 내 몸에 면역력이 떨어지면 감기에 걸리듯이 내 마음의 면역력이 떨어지면 우울증에 걸리는 것이다. 할 수 있다고 늘 외치지만 조금만 힘들면 금세 우울해진다. 특히 잘 지내 보려고 발버둥치면 과거의 내 모습이 꿈에서까지 나를 우울한 늪으로 잡아끌었다. 그럴 때마다 이전의 약한 내가 아니라고, 나는 잘살 수 있고 행복한 사람이라고 생각하려고 애썼다. 물 위에 우아하게 떠있기 위해 발버둥치는 오리처럼, 깊은 우울함에 빠지지 않도록 열심히 발버둥쳐서 빛을 보며 떠다니는 중이다. 나는 정말 외모뿐 아니라 행동도 오리와 쏙 빼닮은 것 같다.

감기에 걸린 사람을 약하다고 꾸짖거나 혼내지는 않는다. 감기에 걸려 몸이 아프면 병원에 가서 주사를 맞고, 약을 처방받고, 몸에 좋은 음식을 먹으며 푹 쉰다. 이렇게 몸을 관리하는 사람은 많지만 생각보다 마음을 관리하는 사람은 별로 없는 것 같다.

우울하다는 건 마음에 감기가 찾아온 것이다. 그러니 왜 감기가 찾아왔을까 생각하고 난 왜 이렇게 약하지 자책하기 전에, 어떻게 하면 나을지부터 고민하는 것이 맞다. 마음의 감기는 몸의 감기보다 훨씬 아프고 힘들다. 눈에 보이지 않아 고치기도 힘들다. 좋은 음식 먹고 운동하는 것처럼 평소에 좋은 말을 듣고 마음을 점검하며 건강하게 유지하는 것이 더 중요하다.

행복은 어느 날 우연히 오는 것이 아니다. 그리고 누가 내게 행복을 가져다주는 것도 아니다. 오로지 나만이 내 행복을 쟁취할 수 있다. 이제는 '누군가가 내게 행복을 가져다주겠지'하고 기다리며 우울해 하지 않는다. 적극적으로 내 행복을 찾을 뿐. 생각보다 오래 걸리지도, 어렵지도 않을 것이다. 그리고 나 자신이 누구보다 행복해야 할 소중한 사람임을 절대 잊지 말아야지.

내가 주인공인 드라마의 다음 편을 기대하며

청소하다가 책꽂이에서 오래된 노트를 발견했다. 10년도 훨씬 전 중학생 때 쓴 일기장이었다. 호기심이 생겨 몇 장을 펼쳐 보다가 이내 덮었다. 내용이 오글거려서 도무지 읽을 수가 없다. 내가 이런 생각을 하고 이런 말들을 했다니….

30대의 내가 바라본 10대의 내 모습은 유치하기 짝이 없었다. 그런데 지금의 내 모습을 40대, 50대의 내가 본다면 무슨 생각이 들까? 유치한 내용의 글은 차치하더라도, 칭찬하고 싶은 것이 한 가지 있다. 철없던 시절이었지만 무슨 일이 생겨도 긍정적으로 생각했던 점이다. 10대 후반에, 20대 중반에 좌절하고 더는 못할 것 같다고 했던 내 모습과 더 비교되었다. 오늘의 나는 어제의 내가 만든 것이고, 내일의 나는 오늘의 내가 만드는 것이다. 힘들어도 어떻게든 극복하고 이겨 냈는데, 돌아보니 그보다 훨씬 이전에 어린 나는 주문처럼 '나는 꼭 잘 살 거야. 사람들을 도와주는 사람이 될 거야'하며 항상 다짐하고 있었다. 외모만 빼고 모든 것이 자신감에 넘치던 그 시절에.

중학교 졸업을 얼마 안 남기고 친구들끼리 반지를 맞췄다. 당시 그 돈을 모으기 위해 엄청나게 노력했던 기억이 난다. 어렵사리 모은 돈을 가지고 친구들과 예쁜 반지를 고르던 날 기분이 무척 좋았다. 반지 안에는 비록 다른 고등학교에 가게 되었지만, 어른이 되면 만나자고 만날 날을 적어 놓았다. 지금은 그 날짜보다도 10년 이상이 더 흘렀다. 각자 서로 다른 길로 갔고, 사는 것이 바빠서 약속한 날에 만나지 못했다. 아직도 내 보석함 한 곳에 꽂혀 있는 그 반지를 보면 당시 철 없지만 작은 것에도 감사하고 행복했던 내 모습이 떠오른다. 그리고 멀게만 느껴졌던 날짜가 어느덧 훌쩍 지나 버렸음에 시간의 덧없음 역시 느낀다. 그때 함께 반지를 맞췄던 친구들은 지금 어디서 무엇을 하고 있을까?

"결혼식 사진이 참 예쁘네요."

어느 날 정수기 점검을 하러 오신 분께서 벽에 걸린 결혼사진을 보고 예쁘게 잘 나왔다고 부러워하셨다. 주위 사람들도 내가 결혼을 참 잘했다고, 우리 부부를 보면 행복해 보인다고 부러워한다. 나도 내 결혼사진이 마음에 들고 결혼 생활이 참 만족스럽다. 특히 짝사랑하며 힘들어했던 시절을 생각하면 내 가슴을 아프게 했던 짝사랑들이 이루어지지 않아 너무 감사하기까지 하다. 내 머릿속에는 내 인생 드라마가 한창 방영 중인데 현재 편과 비교되어 회상되는 장면이 있다.

10년 전, 시간 나면 틈틈이 호텔에서 아르바이트를 했다. 지금은 어떤지 모르겠지만, 당시 호텔 일일 아르바이트는 쉬는 시간도 없이 계속 여기저기 돌아다니며 닥치는 대로 일해야 했다. 하루는 홀 청소를 끝내고 설거지하러 식당으로 이동하던 중에 예쁘게 화장하고 미소짓는 신부를 보았다. 호텔에서 화려한 옷을 입고 서 있는 신부 곁을 바쁘게 움직이는 내 모습이 초라하게 느껴졌다. 하지만 이내 나는 저 신부보다 더 아름다운 모습으로 세계에서 가장 행복한 결혼식을 할 거라고 다짐했다.

실제로 여러 힘든 일을 이겨내고, 비록 호텔은 아니었지만 멋진 예식장에서 예쁜 드레스를 입고, 세상 누구보다 행복한 미소로 결혼식을 했다. 그리고 꿈에 그리던 행복한 결혼 생활을 하는 중이다. 그때 내 모습과 지금의 내 모습을 비교하며 성공한 드라마의 주인공이라고 자축한다. 이제는 속상한 일이 생길 때마다 내가 또 어떻게 이겨 내고 나중에 이 순간을 추억할지를 생각해 본다. 그것만으로도 속상한 마음이 다소 풀리는 느낌이다.

살다 보면 현재 내 모습과 상황에 만족하지 못할 때가 있다. 특히 남들과 비교하면 할수록 내 모습은 더 초라하게 느껴지는 것이다. 그럴 때 남이 아닌 과거의 나와 비교해 보면 어떨까?

자신이 한심하게 느껴진다는 친한 동생이 있었다. 자신의 모습에 만족하지 못하고 무엇보다 남들과 비교했을 때 뒤처진다는 생각이 든다고 했다. 그래서 동생에게 10년 전 모습을 생각해 보라고 했다. 10년 전과 비교했을 때 지금 모습은 어떠냐고 물었다. 그러자 동생이 10년 전에는 훨씬 더 철이 없었고 대책이 없었다고 했다. 그 말을 듣고 지금과 같은 속도라면 10년 뒤에는 지금보다 훨씬 멋진 모습을 하고 있을 거라고 얘기해 주었다. 처음부터 완벽한 사람은 없으니 나아지고 있음에 만족하고 훗날 더 나아진 자신의 모습을 기대하라고 했다.

인간은 성장하는 존재다. 시간이 지나도 어느 것 하나 나아지지 않는다면 속상하겠지만, 처음부터 완벽한 사람은 없다. 완벽하지 않은 내 모습에 실망하며 아까운 시간을 낭비하기보다는 점점 더 좋아질 내 모습을 기대하며 노력하는 것이 현명한 처신이다.

현재 남편과 나는 작은 아파트에 전세로 산다. 처음 이곳으로 이사 올 때의 기쁨을 잊을 수가 없다. 오랜 기간 지하에서 살았던 나는 지하가 아닌 햇빛이 잘 들어오는, 낮에 조명을 켜지 않아도 되는 곳으로 이사하고 싶었다. 그래서 지상으로 이사했을 때 너무 기분이 좋았다. 오랫동안 다가구 월세 생활을 하다가 결혼하고 신혼집으로 신축빌라에 전세로 들어갔을 때는 매일매일 눈 뜨며 이곳이 내가 사는 집이라는 기쁨을 누렸다. 그랬던 내가 원하는 아파트에 이사 왔으니 얼마나 기뻤겠는가. 처음부터 당연하게 아파트에서 살아왔던 사람들은 당시의 내 기쁨을 절대로 느낄 수 없겠지.

지구상에 존재하는 모든 것은 상대적이다. 가진 것이 많은 사람은 잃을 것이 많고, 가진 것이 적은 사람은 얻을 것이 많다. 내가 현재 처한 상황에 가진 것이 별로 없다고 느껴진다면 앞으로 얻을 것은 무궁무진하다. 힘들었던 만큼 원하는 것을 얻었을 때의 기쁨은 더욱 크다. 그리고 내 인생을 더욱더 극적으로 만들어 빛나 보이게 할 것이다.

오랜만에 20대 중반에 사용하던 SNS 계정에 들어갔다. 20대에 썼던 글들을 다시 읽으려니 심히 오글거린다. 그런데 그런 글들에 '좋아요'를 눌러 준 분들에게 다시 한 번 더 감사하는 마음이 든다. 그때보다 훨씬 더 말이다.

당시 내가 존경하고 좋아했던 언니가 천방지축이던 나를 보고 언니의 20대보다 내가 훨씬 더 대단하다고 하며, 내가 언니처럼 30대가 되면 더 좋은 어른이 될 것이라고 이야기했다. 지금 30대인 내가 본 20대의 내 모습은 정말 철이 없었는데, 그런 내 모습을 좋아하고 내 미래를 좋게 봐 준 사람들이 있어 너무 감사하다. 40대의 나는 지금의 나를 추억하며 또 다른 생각을 하게 되겠지.

계정의 글들을 쭉 내리면서 잊고 있었던 장면이 생각났다. 20대의 어느 날 유행하던 식중독에 걸려 잘 먹지 못하던 시기가 있었다. 하지만 한창 많은 아르바이트를 하던 시기라 먹지는 못하고 여기저기 열심히 돌아다녔다. 그래서 살이 쭉쭉 빠졌다. 살이 없으니 사각

턱과 광대뼈는 더 도드라져 보였다. 그래서 그때는 살이 너무 찌고 싶었다. 그런데 내가 과외하던 한 학생은 자신의 집에는 먹을 것이 너무 많아 다이어트를 할 수 없다고 투덜거렸다. 그 말을 듣고 '세상은 참 재미있는 곳이야!' 라고 적은 글을 보았다. 결혼하고 30대가 되니 갑자기 살이 쪄서 옷들을 싹 다 정리하며, 왜 자꾸 살이 찌지 하고 속상해 하던 내 모습이 겹쳐진다. 그 무렵에는 살쪄서 속상해 할 내 모습을 감히 생각지도 못했다.

지금 이 순간에도 머릿속에서 내 인생 드라마의 필름은 계속 돌아간다. 너무나도 많은 장면이 있어 모든 것을 재생시킬 수 없다. 플레이어 역할을 하는 내 머리의 기억 장치는 특정 장면만 보여 준다. 이 드라마의 주인공은 나고 감독도 나다. 어떤 장면을 편집해서 머릿속에 방영할지는 온전히 내 권한이다.

안 좋은 장면만 계속 방영한다면 우울하고 실패한 드라마가 될 수밖에 없고, 주인공도 비참해질 수밖에 없다. 내 머릿속 인생 드라마가 우울한 작품이라면 즐거운 장면을 찾아보자. 분실한 컷은 이제라도 찾아서 넣으면 된다. 생각보다 아름다운 장면이 많다. 감독이 잘 찾아내지 못할 뿐이다. 그리고 앞으로의 장면은 멋진 장면들로 더 채워 넣으면 된다. 어두운 장면도 내가 잘 편집하면 감동적인 장면이 될 수 있다. 인생 드라마를 걸작으로 만들 거장이 되자. 그리고 해피엔딩으로 끝날 내 드라마의 다음 편을 기대하자.

Chapter 2,

그놈의 열심, 열심, 열심

♫

"아름다운 그 순간처럼 항상 최고가 되고 싶어

그래서 조급했고 늘 초조했어.

남들과 비교는 일상이 돼버렸고,

무기였던 내 욕심은 되려 날 옥죄고 또 목줄이 됐어.

그런데 말야. 돌이켜보니 사실은 말야.

나 최고가 되고 싶었던 것이 아닌 것 같아.

위로와 감동이 되고 싶었었던 나.

그대의 슬픔, 아픔 거둬가고 싶어 나."

- 방탄소년단의 'Magic Shop' 노랫말 중에서 -

모범생의 시대는 이미 갔어요

우리 사회는 '모범'이라는 말을 참 좋아한다. 선생님이나 어른들은 알아서 자기 일 척척 해 내고 말 잘 듣는 모범생을 좋아한다. 사전적 의미로 모범이라는 말은 '본받아 배울 만한 본보기'라는 뜻이고, 모범생이라는 말은 '학업이나 품행이 본받을 만한 학생'이란 뜻이다. 하지만 우리 사회는 너무 본보기를 획일화하는 경향이 있다. 그래서 본보기에서 벗어난 이들에게 '너는 잘못되었고 틀린 것이다'라고 윽박지른다.

나는 어릴 때 공부를 제법 잘하는 편이었다. 왜소하고 체력도 약해 집에서 책만 보던 나는 엄마가 사 준 문제집을 풀고 시험을 치렀는데 성적이 꽤 잘 나왔다. 그때부터 갑자기 동네 아주머니들의 부러움을 한몸에 받았다. 시험을 치른 날이면 동네 아주머니들이 나를

붙잡고 시험이 어려웠는지 쉬웠는지 잘 풀었는지 등을 물어보는 것
이 좋았고, 그걸 보고 기뻐하는 엄마의 모습을 보는 것도 좋았다.

난 어릴 때부터 호기심이 많아서 하고 싶은 것도 많았다. 피아
노도 배우고, 미술도 배우고, 공예도 배우고, 이것저것 자꾸 하게
해달라고 졸랐다. 하지만 부모님이 이혼하시고, 시골 할머니 집으
로 가게 되면서 내가 할 수 있는 것은 오직 공부밖에 없었다. 한 번
은 교내의 대회에 참가해 시, 산문, 회화, 만화 부분에서 모두 상을
탔다. 연달아 상을 받는 내 모습을 보고 친구가 혼자 상을 독식한다
고 입을 삐죽 내밀었다. 하지만 어른들은 그런 재능에는 관심이 적
었고, 내가 전교에서 몇 등을 했고 몇 점을 받았는지에 제일 큰 관
심을 보였다. 게다가 우리 집은 너무 가난해서 무엇인가를 배우기
위해 필요한 비용을 감당할 수 없었다. 그래서 취미활동에 대한 생
각은 접고, 여러 곳으로 향하는 호기심도 모두 끊어 낸 채 공부에만
매달려야 했다.

그런 나에게 어른들은 말했다. 공부 열심히 해서 좋은 대학을 나
오고 전문직업을 가지면 돈도 많이 벌고 성공할 수 있다고. 그래서
나는 그저 공부만 잘하면 알라딘의 요술 램프처럼 20대 이후의 내
삶은 술술 풀릴 줄만 알았다. 그런데 가장 큰 문제는 내가 공부를 잘
하는 편이었지 뛰어나게 잘하지는 못했다는 것이다. 공부 잘해야지
만 성공한다고 철석같이 믿었던 나는, 공부로 남들과의 경쟁에서 뒤
처지는 내 자신이 패배자가 된 것 같고, 쓸모없는 사람처럼 느껴졌

다. 돈도 배경도 인물도 없는 내가 공부마저 못하면 대체 나는 어떻게 살아야 하지? 자괴감이 큰 바위가 되어 나를 매일같이 짓눌렀다. 하지만 사회에 나와 공부가 아닌 다양한 분야에서 성공을 거두는 사람들을 보고는 배신감마저 느꼈다. '왜 공부를 못했던 사람들이 성공하지? 왜 난 그런 방법을 생각조차 못했을까?' 하고 말이다.

학창 시절에 공부 열심히 해서 어려운 환경을 극복하고 결국 성공했다는 내용의 책들을 읽으며 '나도 꼭 저렇게 되어야지' 하고 다짐했다. 힘들 때마다 방황할 때마다 내 마음을 꽉 잡아 준 책들이 있었기에 꿋꿋하게 공부에 집중할 수 있었다. 나도 훗날 훌륭한 사람이 돼서 그 과정을 책으로 엮고 싶다는 막연한 생각이 있었다. 그런데 책을 내고 싶다는 생각을 하면서도 작가를 꿈꾸지 않았다. 은연중에 예술가는 가난하다고 생각했기 때문이다. 지금이라면 예술가라고 다 가난한 것은 아니며, 굳이 돈을 많이 못 벌면 또 어떠냐는 생각도 할 수 있지만, 당시는 돈을 많이 벌어야 성공한 인생인 줄만 알았다. 공부도 돈을 벌기 위한 수단으로만 생각했던 시절이었다.

영어 단어 중에 'Priceless'가 있다. 'Price'는 가격이란 뜻이고, '-less'는 없음을 나타낼 때 쓰는 접미사니까 난 당연히 'Priceless'는 가격이 없음, 즉 가치가 없다는 뜻인 줄 알았다. 그런데 전혀 다른 뜻이었다. 돈으로 살 수 없을 정도로 너무 귀중하다는 뜻이다. 이 단어를 보면 정말 중요한 것은 눈에 보이지 않고 돈으로 살 수 없다는 것을 느낄 수 있다.

변호사가 쓴 소장(訴狀)과 작가가 쓴 소설은 둘 다 글로 이루어져 있지만, 시장경제의 원리에 따라 가격이 매겨진다. 하지만 글을 쓰면서 그 사람이 느끼는 만족도와 성취감은 감히 값을 매길 수 없는 것이다. 나는 왜 이렇게 중요한 사실을 30대가 되어서야 깨달았을까.

한창 진로를 정할 때는 공부만 열심히 할 생각을 했기 때문에 진짜 내가 원하는 것이 무엇인지 생각할 겨를이 없었다. 많이 실패하고 많이 후회한 다음에야 진짜 중요한 사실을 깨닫게 된 것이다. 뒤늦게 진짜 내 길을 찾아가려고 하니 약간은 억울한 생각도 든다. 그래서 지금은 오히려 자신의 꿈을 먼저 찾고 그 꿈을 반대하는 부모님과 진로 문제로 논쟁하는 친구들을 보면 부럽기도 하다. '어떻게 그렇게 빨리 자신이 좋아하는 것을 찾을 수 있었을까?' 그리고 '어떻게 그렇게도 당당히 자신이 좋아하는 것을 할 생각을 했을까?' 하고 말이다.

얼마 전 TV의 한 프로에서 어떤 사람이 가수가 되는 것을 희망하자, 자신의 아버지가 처음에는 반대하다가 허락한 사연을 이야기하는 것을 보았다. 그 가수의 아버지는 유명한 가수가 헬리콥터를 타고 청와대로 갔다는 신문 기사를 보시고 정말 시대가 많이 바뀌었다는 것을 깨닫고 아들의 꿈을 응원하셨다고 한다.

지금 우리가 보기에 다방면에서 너무도 능력이 있고, 부와 명예를 다 가진 듯한 사람들도 처음에는 그것을 진로로 택할 때 부모의 반대가 심했다고 한다. 하지만 지금은 부모의 반대를 이겨 내고 성공한 사람들의 이야기는 너무 흔해서 지겨울 정도다.

한때 요리 열풍이 불어 많은 TV 프로그램에 요리사들이 나오고 요리를 주제로 한 프로그램이 쏟아져 나올 때, 성공한 한 요리사를 보고 어떤 분이 이런 말을 하셨다.

"요리하는 남자가 이렇게 인기 많아질 줄 세상에 누가 알았나."

그분께 요즘 초등학생에게 인기 있는 장래희망 중 하나가 유튜버라고 말씀드리자 '그건 뭐 하는 사람이냐'고 되물으셨다.

세상은 너무 빠르게 변해간다. 과거에는 공부 잘해서 어려운 시험에 합격하는 것만이 부와 명예를 얻는 유일한 길이었다. 하지만 이제는 그런 학습 모범생들의 시대가 아니다. 힘들게 공부해서 좋은 직장에 들어가도 정년을 보장받을 수 없고, 전문직이 되어도 남의 밑에서 싫은 소리 들으며 일해야 한다. 그래도 남들이 알아 주니까, 인정해 주니까 그것 하나만 보고 자신의 인생을 걸기에는 각자가 가진 재능이 너무 아깝다. 내 재능을 깡그리 무시하고 모두가 좋다는 길로만 치열하게 달려가면, 나에게만 손해가 아니라 우리 모두에게도 손해다.

사회에 나와 보니 정말 공부가 다가 아니었다. 내가 비록 공부로는 뛰어난 성공을 하지 못했지만, 다양한 능력이 있음을 깨달았다. 내가 못하는 것에 얽매어 나 자신을 낮추기보다는, 내가 잘하는 것을 더욱 발전시켜 나가는 것이 내 인생은 물론 우리 사회를 풍요롭게 만드는 더 나은 길이다.

위로 같지 않은 잔소리

"구름 위를 걷다가 저 밑바닥으로 떨어진 기분이야."

아이를 유산한 후 친한 후배에게 한 말이다. 나는 결손 가정에서 자랐기 때문에 사랑하는 사람을 만나 아이 낳고 화목한 가정을 꾸리는 것이 소원이었다. 사랑하는 사람을 만나 결혼하고 화목하게 사는 소망은 이루었는데, 간절히 원하는 아기가 생기지 않았다. 다들 너무 조급해하지 말라며 위로했다.

일하면서 기다려 보다가 여름이 지나도 생기지 않으면 병원에 가 보자 하던 찰나에 그해 봄 아기천사가 찾아왔다. 남편과 나는 날아갈 듯이 기뻤다. 하지만 임신 초기 몸이 안 좋았고 설마 했는데 결국 아기는 우리 곁을 떠나 버렸다. 기쁨 뒤에 찾아온 슬픔이라 그런지 그 슬픔을 감당하지 못해 눈만 뜨면 울었다. 수술 후 회사에

복직했지만 우울함은 쉽게 가시지 않았다.

원래 세상 모든 사람이 내 맘 같지 않은 건 잘 알았지만, 막상 힘들 때 모진 말을 들으니 마음이 무너졌다.

"어차피 그렇게 약한 애는 낳아도 네가 힘들어. 차라리 잘됐어."

"태어날 아이는 없애려고 해도 태어나."

"임신 초기 유산은 흔한 일이야. 오히려 중기·말기 때 유산하는 사람들은 더 힘든데 그것보다는 낫지."

"애는 낳는 것보다 키우는 게 훨씬 힘들어."

유산하는 사람은 많고, 이 아이는 태어날 운명이 아니었던 것이었고, 너보다 더 힘든 사람도 많은데 결국은 이런 것 때문에 그렇게 오래 슬퍼할 것이냐는 말들이었다. 처음에는 내가 잘못 듣고 있나 의심스러웠다. 하지만 나는 꿈을 꾸는 것이 아니었고, 그때 처음 알았다. 너무 황당하면 그저 웃음만 나온다는 것을….

"너만 힘든 게 아니야. 다들 힘들게 회사 다니는데 왜 너만 자꾸 이러니?"

"넌 너무 약해. 강해져야지!"

그 일로 깨달았다. 사람들은 남의 아픔에 정말 관심이 없고, 나의 아픔을 가장 잘 아는 것은 바로 '나'뿐이라는 사실을 말이다. 그래서 나를 잘 알지도 못하는 사람들에게 인정받으려 의미 없는 노력을 할 필요가 없음도 알게 되었다.

사람마다 아픔의 정도와 크기는 모두 다르다. 서로 가치관이 다르고 추구하는 것이 다르므로 그것에 따른 아픔도 당연히 다를 수 밖에 없지 않을까? 아픔과 행복같이 눈에 안 보이는 것들은 어떻게 비교하고 무게를 잴 수 있을까? 그 날 이후 절대 내가 이해하지 못할 아픔이더라도 다른 사람의 아픔을 비하하지 말자고 다짐했다. 내가 이해할 수 없다고 해서 그 사람은 아프지 않은 것이 아니고, 남이 더 아파 보인다고 해서 내가 덜 아픈 것은 아니니까.

웬만한 일은 좋게 생각하고 극복하려던 내 노력이 물거품이 되었던 그 당시, 나를 일으킨 것은 위로 같지 않은 잔소리가 아니었다. 나를 진심으로 위로해 주던 남편이 내가 힘들어 할까 봐 뒤에서 남몰래 우는 것을 알고는 더는 울지 말아야겠다고 다짐했다.

하지만 남들이 애는 다시 가지면 된다고 아무렇지도 않게 말했지만, 난 떠난 아이가 너무도 그리웠다. 그때 진심으로 같이 슬퍼해 주던 후배의 "축복이(아기 태명)도 엄마 보고 싶어서 조만간 다시 올 테니까 다시 올 축복이를 위해서라도 힘냈으면 좋겠다"는 말이 나를 일으켰다. 이렇게 사랑하는 사람들의 공감이 무너졌던 나를 일으켜 주었다. 정말 힘들었을 때 진심으로 공감받을 수 있었던 나는 어쩌면 엄청 복 받은 사람일지도 모른다.

사회는 자꾸 의미 없는 열심을 강요한다. 내가 아프고 힘들지만 그만 징징거리고 일어나 뛰라고 한다. 내가 로봇도 아니고 감정이 있는 사람인데, 어떻게 수많은 생각들과 감정들을 무시하고 그저 일만 할 수 있을까? 세상에 그렇게 할 수 있는 사람이 있으면 만나

보고 싶다.

중학교 3학년 때 일이다. 평소 사이가 좋지 않던 반 친구와 크게 싸웠다. 너무 속상해서 울고 있는데 몇몇 친구들이 와서 해 준 말이 아직도 기억에 남는다.

"울지 마. 넌 인문계 고등학교 갈 꺼잖아. 쟨 공부 못해서 절대 너랑 같은 학교 못 가. 어차피 너랑 길이 다른 앤데 그냥 무시해 버려."

당시 담임선생님도 울고 있는 내게 걔를 혼내 줄 테니 울지 말고 얼른 수업 들으라고 하셨다. 그때 뼈저리게 느꼈다. 공부 못하면 무시를 당하는구나. 내가 만약 공부를 못했더라면 정말 많은 무시를 받았겠구나. 그래서 무조건 남들이 좋다는 인문계 고등학교에 지원해서 갔고, 무시당하지 않기 위해 공부했다.

그런데 지금 돌이켜보면 그 순간 아무도 나의 슬픔을 공감해 주지 않았다. 그저 '무시하고 공부만 잘하라'였다. 그래서 그 말처럼 정말 그 친구를 무시했고, 다시는 싸울 일도 없었고, 졸업하고 만날 일도 없었다. 학교라는 작은 사회 속에서, 난 무의식중에 내게 배정된 계급을 받아들였고, 그 계급보다 아래에 있는 사람을 무시하는 법을 배웠다. 공부가 다가 아닌데 당시에는 그걸 몰랐다. 공부 못하면 으레 무시당하는구나 생각했다.

남들이 좋다는 쪽으로 의식적으로 눈을 돌리는 것도 그때부터였던 것 같다. 어떤 일을 결정해야 하면 내가 어떤지보다 무의식적으로 남들은 이걸 어떻게 생각할까가 먼저 떠올랐다. 그래서 수능을 잘 보지 못했을 때도, 원하던 시험에서 탈락했을 때도 그렇게 무섭고 힘들었나 보다. 아무것도 없는 내가 더 무시받을 일만 남았다는 생각이 들어 너무 두려웠다. 시험에 떨어져 슬픈 내 감정을 추스를 수가 없었다. 그냥 험난한 세상 어떻게 살아가지 두려움부터 앞섰다. 무시에 대한 두려움을 없애기까지 상당한 시간이 필요했다.

만약 누군가가 힘들어하고 있다면 어떠한 조건도 붙이지 말고 일단 공감해 주자. 내가 볼 때에는 별 것 아닐지라도 그 사람은 지금 너무너무 힘든 상태이니 몰아붙이지 말자. 아픔은 나누면 반이 된다고 하지 않는가. 넘어진 사람은 누군가 내민 손 하나에 다시 일어설 힘을 얻고, 상처로 파인 마음은 따뜻한 말 한마디에 조금씩 아문다. 그리고 다시 앞으로 나아갈 용기를 얻는다. 넘어진 사람, 다친 사람에게는 따뜻한 손길과 약이 먼저지, 그 어떤 조건이나 채찍질도 의미가 없다. 내가 무심코 내민 말 한마디가 약이 될 수도 있고 독이 될 수도 있다. 그리고 그 대가는 돌고 돌아 반드시 나에게 온다.

미안하지만, 노예 체질이 아니라서요

조선 시대를 배경으로 만든 코미디 추리물 영화가 있다. 그 영화를 보고 가장 인상에 남는 장면은 배꼽 잡고 웃었던 부분도 아니고 범인을 잡던 액션 장면도 아니다. 거기에는 한 노비 소녀가 나오는데 신분상의 이유로 제대로 배워 본 적이 없지만, 양반 주인공의 질문에 똑 부러지게 대답을 잘하는 영민한 아이였다. 똑똑한 소녀의 모습에 감탄한 주인공은 소녀에게 장차 커서 뭐가 되고 싶냐고 물었다. 하지만 소녀는 되레 '자신이 무언가가 될 수 있냐'고 물었다. 자신의 인생을 스스로 선택할 수 없다고 생각했기에 한 번도 자신이 무엇을 잘하는지 무엇을 하고 싶은지 생각해 본 적이 없는 것이다.

주인공의 질문을 받고서야 자신이 무엇이 되고 싶은지 고민을 해 본 소녀는 엉뚱하게도 꽃이 되고 싶다고 했다. 아름다운 꽃은 함부로 꺾을 수 없으니. 그 말에서 자신을 하찮게 여기는 사람들에게서 존중받고 싶었던 마음이 묻어났다. 결국 사람들의 이기심으로 소녀가 하찮게 생을 마감하게 되자 주인공은 이렇게 져버릴 아이가 아니라고 울부짖는다. 찰나의 장면들이었지만 너무 가슴이 아파 쉽게 지워지지 않는다. 신분제도로 자신의 한계가 정해져 있던 시대에는 얼마나 많은 사람이 자신의 능력을 피워 보지도 못하고 죽었을까? 그러면 신분제도가 사라진 현재에는 많은 사람이 자신의 존재를 소중히 여기고 꿈을 키우고 있을까?

영화에서 노비 소녀는 태어나서 한 번도 손톱·발톱을 깎아 본적이 없다고 한다. 아침 일찍 눈 뜨자마자 밤에 잠들 때까지 끊임없이 몸을 써서 손톱과 발톱이 자랄 틈이 없었기 때문이다. 당시 노비들은 이렇게 열심히 일했지만, 보상은 터무니 없었다. 자신을 위해 열심히 한 것이 아니었기 때문이다. 이처럼 나의 성장이 아닌 타인을 위해 하는 열심은, 자신을 힘들게만 할 뿐 결국 자신에게는 아무런 도움이 되지 않는다.

회사에 다닐 때 갑자기 신규 직원들이 들어와서 생각지도 않았던 교육을 해야 할 일이 생겼다. 당장 일을 시켜야 했기 때문에 적당한(또는 만만한) 선배인 내가 교육을 맡게 되었다. 내가 신규였을 때 실수도 많이 하고, 주눅들었던 것을 생각해서 최대한 빨리 업무에 적응할 수 있도록 교육에 필요한 자료들을 열심히 수집했다. 특히 한 번 듣기만 해서는 까먹을 수 있기에 중요한 내용을 묶고 편집해서 책을 만들었다. 그 누구도 책을 만들라고 하지 않았고 그저 교육만 하라고 했다. 그런데 나는 '어떻게 하면 효율적으로 교육을 할 수 있을까' 고민했고 앞으로 계속 들어오는 신규들의 빠른 적응을 위해서 가장 좋은 방법을 찾다 보니 책을 만드는 것이 좋겠다는 결론을 내렸다.

당시 나는 하고 있던 업무에서 교육 업무만 추가된 것이라 따로 책을 만들 시간이 없어 매일 본업을 끝내고 회사에 남아 야근을 했다. 그러자 바로 밑 친한 후배가 혼자 하지 말고 같이 하자고 해서 같이 매일 야근을 했다. 그렇게 만든 책으로 신규 직원들의 교육을 잘했고, 나보다도 훨씬 빠르게 업무에 적응하는 모습을 보니 뿌듯했다. 하지만 그렇게 노력해서 업무를 해도 돌아오는 것은 뿌듯함과 칭찬이 전부였다.

맡은 업무를 잘해내면 새로운 업무가 추가되었고, 몸이 점점 힘들어졌다. 항상 회사에 입사하면 주인의식을 가지고 열심히 일해야 한다고 들어왔고, 당연히 그렇게 해야 한다고 생각해서 열심히 했다. 그런데 어느 순간 나는 주인의식을 가지고 있지만, 주인으로 살고 있지 못하다는 생각이 들었다. 호기심 많고 매사에 열정적이었던 나는 늘 새로운 것, 좋은 방법을 찾으려 애썼지만, 그럴수록 돌아오는 보상은 터무니 없고, 업무량만 늘어났다. 점점 나는 지쳐만 갔다.

많은 것을 하고 싶었지만, 회사 내에서 나의 일은 한정적이었다. 내가 열심히 해서 이룬 성과도 결국 회사 공이었다. 세상 비바람을 막아 주던 벽에 몸집이 커진 내가 자꾸 부딪쳐 힘들기만 했다.

개미와 베짱이 이야기는 워낙 유명해서 모르는 사람이 없다. 이 이야기가 주는 교훈은, 열심히 일하지 않고 놀기만 하면 결국 비참해진다는 것이다. 그런데 현대에는 이 교훈과 반대되는 일이 많이 일어나고 있다. 열심히 일만 한 개미는 병에 걸려 평생 모은 돈을 치료비로 탕진하고, 열심히 놀면서 자신만의 창작물을 만들어 낸 베짱이는 광고비와 저작권료를 받으며 더 열심히 논다.

사회에 나와 보니 열심히 일하는 데도 형편이 나아지지 않는 사람도 있고, 열심히 놀았는 데도 돈이 생기는 사람이 있다. 그래서 금수저, 흙수저라는 새로운 계급론도 등장했다. 그런데 애초에 그 금수저, 흙수저를 만드신 부모님들도 특별한 예외를 제하고는 똑같이 열심히 일하셨을텐데, 왜 격차가 심해져 자식에게도 영향을 미치는 것일까? 그저 운이라고만 하기에는 석연치 않은 점이 많다.

퇴사를 하고 한동안 바쁘다는 핑계로 멀리했던 책을 열심히 읽었다. 당장 지친 맘을 달래기 위해서였지만, 앞으로의 내 삶이 걱정되기에 변화하는 사회를 이해하려고 미래학에 관한 책도 열심히 읽었다. 그때 읽은 한 책에서 적잖은 충격을 받았다. 현 사회의 교육은 자본가를 양성하는 것이 아니라, 자본가가 쉽게 이용할 수 있는 훌륭한 노동자를 배출하기 위한 것이라는 내용이었다.

생각해 보니 어릴 때부터 공부 잘해서 좋은 대학을 나와 좋은 직장에 들어가는 것이 최고라고 배웠다. 창의력을 키우고 사회를 공부해 자신만의 기업을 세우라는 말은 들어 보지 못했다. 오히려 창업은 망할 확률이 높고 위험하다고만 했다. 당연히 처음부터 잘 되는 일은 없고, 어떤 일이든 실패를 거쳐 성공하는 것인데, 실패에 대한 공포심만 심어 주어 애초에 도전조차 못하게 막는 것이다.

그래서 안정을 우선하는 삶을 살아온 사람들은 기업에서 은퇴하면 시장 조사와 노력을 통해 자신만의 사업을 개척하기보다는 비교적 쉬워보이는 업종, 선호하는 업종에 퇴직금을 투자하고는 안일하게 운영한 결과 실패함으로써 '역시 창업은 안 돼'라는 인식의 형성에 일조하곤 한다. 세상에는 창의력과 도전정신으로 도전할 수 있는 수많은 사업이 존재한다. 젊은 나이에 적은 돈과 패기로 창업에 도전해 실패하고, 그 실패를 경험삼아 자신만의 사업 아이템으로 성공한 많은 예가 있다. 다행이 요즘에는 교육부에서 창업 교육을 실시한다고 한다. 앞으로는 많은 학생이 공부 이외에도 다양한 선택지에서 진로를 선택했으면 좋겠다.

현대는 정보화 시대로, 변화 속도가 매우 빠르다. 자본이 물론 중요하지만, 그보다 자신이 가진 재능과 정보가 돈이 되는 사회이다. 이미 많은 사람이 그것을 깨닫고 자신의 재능과 정보로 돈을 벌고 있다. 성공적인 사례를 기록한 책을 찾아보면 국내 도서보다는 외국 도서가 훨씬 많다. 그런 책의 리뷰나 평가는 한국 사회와 너무 달라 현실성이 없다는 댓글을 자주 볼 수 있다. 이렇게 성공하는 사람은 극소수라고 부정적인 평가가 달려 있기도 하다. 왜 해외에서는 되고, 한국에서는 안 된다고 하는 것일까? 무슨 일을 해 보기도 전에 가능성을 낮추고, 환경을 탓하면서 무조건 안 된다고 판단하는 것일까?

회사에 다니면서 일이 적성에 맞지 않는 것을 깨달았다. 다니면 다닐수록, 내 열정을 쏟아 부어도 나의 발전은 이루어지지 않았다. 그래서 훗날 뒤돌아보면 후회할 것만 같았다. 과감히 퇴사를 결정하자 몇몇 사람들이 나를 붙잡으면서 하는 말이 가관이다.

"누가 적성에 맞아서 일하나. 먹고 살기 위해 일하는 거지."

퇴사하고 얼마 뒤, 사고 싶은 것을 참고 최대한 돈을 적게 쓰면서 집에만 붙어있는 나를 보고 어떤 분이 그럴 거면 안정적이고 돈 많이 주는 회사를 왜 그만뒀냐고 하셨다. 회사 다닐 때는 돈을 벌었기에 사고 싶은 것도 많이 사고, 남들에게 그런 내 모습을 드러내는 것이 좋아 보였다. 하지만 스트레스가 쌓여 몸이 점점 아팠고, 무엇보다 마음이 너무 공허하고 힘들었다. 위에서 시키는 대로만 잘하면 인정받을 수 있었지만, 그 인정 하나만을 위해 나를 내던지기는 싫었다.

무엇보다 나는 "왜?"라는 질문이 너무 많은 사람이라 남이 지시하는 대로만 할 수 없는 사람이었다. 남들에게 한심하게 보일지라도, 조금 덜 쓰고, 많은 책을 읽고, 미래를 설계하고 준비하는 지금

이 순간이 너무 행복하다. 아무리 노력해도 나는 노예 체질은 아닌 가보다. 회사에 다니는 사람들을 노예라고 비하하는 것이 아니다. 회사에 다니더라도 주도적으로 자신의 업무를 발전시켜 즐거운 마음으로 일을 한다면 그는 이미 자기 삶의 주인이라 할 수 있다. 당장은 하고 싶은 일이 아니어도 지금 이 순간 참고 일해서 훗날 자신이 하고자 하는 일에 큰 도움이 된다면 헛된 시간이 아니다.

나 또한 회사에서 4년 동안 최선을 다해 일했고, 그렇게 모은 돈을 앞으로의 내 삶을 위해 투자하는 것이다. 최선을 다해 보지도 않고 내게 맞지 않는다고 포기한다면, 그것은 일하기 싫은 사람의 변명일 뿐이다. 하지만 최선을 다한 후 내게 맞지 않음을 깨달았는데도 불구하고, 그저 묵묵히 견디며 하루하루 살아간다면 그 어느 곳에도 나의 삶은 없는 것이다.

어릴 때부터 우리는 열심히 일하는 것을 미덕으로 알고 살아왔다. 하지만 어떻게 열심히 해야 하는지, 무엇을 열심히 해야 하는지 진지하게 고민하고 생각해 볼 기회는 갖지 못했다. 남들이 좋다는 것이 과연 나에게도 좋을까? 지금 이 일이 내 열정을 다 쏟아 열심히 할 가치가 있는 일일까? 그렇게 열심히 하면 결국 나의 성장에 도움이 될까? 진지하게 고민해 볼 일이다.

사회는 언제부턴가 젊은이들을 고급 노예로 만들고 있다. '어차피 너는 주인이 되지 못할 테니 좋은 주인을 만나 남에게 인정받는 노예가 되라'하고 말이다. 자신이 하고 싶은 일보다는 목에

건 사원증에 뿌듯해 하고, 자신의 미래에 투자하기보다는 현실에 안주하기를 원한다.

노예는 "왜?"라고 질문하지 않는다. 그저 주어진 일만 할 뿐이다. 하지만 인류 역사상 위대한 변화는 모두 "왜?"라는 질문에서 시작되었다. 꾸중을 듣거나, 미움받을 것을 두려워 말고 "왜?"라고 질문을 던져 보자. 혹시 아는가. 나의 미래를 바꿀 해답을 얻을 수 있을지.

열심히 말고 나답게 살자

학교 다닐 때 이런 친구들을 본 적 있을 것이다. 정말 열심히 공부하는데 성적은 안 좋은 친구들 말이다. 하루는 그런 친구가 같이 공부하자고 집으로 나를 초대했다. 아마 내가 어떻게 공부하는지 알고 싶었나 보다. 하지만 그날 몇 시간 동안 수다만 열심히 떨다 왔다. 그 뒤로 다시는 나에게 같이 공부하자고 하지 않았다. 또한 번은 나를 좋게 봐 주시는 친구 어머니께서 할아버지께 직접 전화해서 친구가 공부를 잘 안 하니 시험 기간에 나를 집에 불러서 같이 공부하게 하면 안 되냐고 하셨다. 일주일을 친구 집에서 숙식하며 함께 공부했는데, 친구와 신나게 수다 떨다가 불안해지면 조금씩 공부하고 그렇게 시험을 봤다. 덕분에 성적이 훅 내려갔다.

곰곰이 생각해 보면 나는 참 말이 많은 사람이다. 특히 사람들

과 대화하는 것을 너무 좋아해 누가 마주 보고 있으면 절대 공부가
안 된다. 그러니 그룹 지어 하는 공부는 나에게는 최악의 방법이다.

고등학교에 다니던 어느 날, 노력 대비 성적이 안 좋은 친구와
짝이 되었다. 야간 자율학습 시간에 그 친구가 공부하는 모습을 보
았다. 영어 단어를 순서에 맞춰 열심히 쓰고 문제집을 보면서 밑줄
을 열심히 그었다. 중요 부분은 색깔 펜으로 열심히 표시도 했다.
술술 읽기만 한 내 교과서에 비하면 열심히 공부한 티가 났다. 엄청
열심히 한다고 했더니, 친구가 이렇게 해야 공부한 것 같다고 말했
다. 그런 친구를 보며 문득 이런 생각이 들었다. '공부하는 것일까?
공부하는 시간을 가지는 것일까?'

그 장면을 떠올리니 열심히 사는데 왜 자꾸 힘들어질까 하고 낙
담하던 내 모습이 생각났다. 최선을 다해 열심히 사는 모습을 보이
기 바빠 어떻게 살아야 하는지, 잘 살고 있는지 점검하지 못한 채
그저 낙담만 하던 나의 모습 말이다.

고등학생 시절 가장 괴로운 시간은 문학 시간이었다. 원래 잠이
많은데 이상하게 문학 시간만 되면 미친 듯이 졸음이 몰려왔다. 하
루는 꾸벅꾸벅 졸다가 선생님께 걸렸는데, 선생님이 교실 뒤로 가
서 서 있으라고 하셨다. 그런데 어느 순간 주위에서 웃음소리가 들
렸다. 눈을 떠 보니 화가 난 선생님께서 앞에 서 계셨고 반 친구들
이 키득키득 웃고 있었다. 졸음을 이기지 못하고 꼿꼿이 선 자세로
푹 자버렸던 것이다. 그때부터 문학 선생님은 나를 '쪼다'라고 부르

셨다. 그런데 얼마 뒤 모의고사 성적이 나오자, 나는 이상한 녀석으로 바뀌었다. 당시 맨날 졸기만 하던 내가 모의고사 언어영역에서 전교 1등을 한 것이다. 문학 선생님께서는 나보고 정말 이상한 애라고 하셨다.

그후 동급생 몇 명이 나한테 와서 언어영역 공부 어떤 문제집으로 하냐고 물어봤다. 내가 따로 공부 안 한다고 하자 졸지에 치사한 사람으로 몰려 버렸다. 조금 억울했다. 하지만 덕분에 나에겐 좋은 점도 생겼다. 당시 야간 자율학습 시간에 몰래 책을 읽고 있었다. 밥 먹고 나서 졸리거나 공부하다 막히면 도서관에서 빌려 온 책을 슬그머니 꺼내 읽었다. 그러다가 당당히 읽기 시작했다. 누가 공부하라고 할 때 언어영역 공부 중이라고 당당하게 말하면 더는 내게 말을 못 했다. 책을 읽고 나면 집중이 잘돼서 공부 효율도 올라갔다. 상상력과 이해력은 좋지만 암기력이 안 좋았던 나는 무조건 읽고 또 읽어야 했다.

책을 읽을수록 속독 능력이 좋아져 교과서를 다섯 번 이상 읽고 시험 보면 점수가 잘 나왔다. 빨리빨리 이해하고 넘어가야 하니까 공들여 줄 그을 시간이 없었다. 자꾸 공부와 상관없는 책을 꺼내 보고 교과서를 설렁설렁 넘기는 내 모습이 남들 보기에는 열심히 하지 않는 것으로 보였을 것이다. 그런데 어느 순간 모두 열심히 문제집을 풀고 있는 모습을 보니 나만 놀고 있다는 생각에 초조함이 몰려왔다. 불안한 마음에 남들처럼 문제집을 사서 열심히 풀었다. 그런데 바로 모의고사 성적이 폭락했다. 초조한 마음에 안 풀리는 문제집을 억지로 붙잡고 있으니 시간만 흘러갔고 집중이 안 됐던 것이다.

사람마다 성격도 외모도 모두 다르듯 공부하는 방법도 모두 다르다. 그런데 공부 잘하는 사람의 비법을 배우고 따라 하려는 학생들이 부지기수다. 다양한 방법을 시도해 보고 나에게 맞는 방법을 찾으면 좋은데 말이다. 그러다 보면 '똑같이 했는데 왜 남은 되고 나는 안 되지'하면서 좌절하게 된다. 이는 절대로 머리 좋고나쁨의 차이가 아니다. 방법의 차이일 뿐이다.

공부를 뛰어나게 잘하지 못하는 내가 이렇게 말하는 것이 나도 웃기긴 하지만, 나는 실패의 고수가 아닌가. 그래도 한때는 머리 좋다, 공부 잘한다는 말을 들은 적도 있었는데 왜 실패했는지 분석해 보니 알 것 같다. 나는 남들을 따라 하면 안 되는 사람이었던 것이다.

한동안 나 자신을 믿지 못하고, 다수가 말하는 것이 정답이라고 믿었다. 그래서 책 읽는 것을 좋아하고, 생각하는 것을 좋아했지만, 수능이 다가올수록 모든 생각을 접고 문제집만 달달 외웠다. 고등학생 시절에는 대학만 가면 모든 것이 해결된다는 분위기였다. 그래서 당장 하고 싶은 것을 참고 공부만 해서 좋은 대학에 가면 인생은 술술 풀릴 줄 알았던 것이다.

만약 그 시절에 내가 정말로 좋아한 일을 하며 내 인생에 대해 진지하게 고민하고 설계했다면 지금보다 덜 후회하지 않았을까? 수

능 점수 1, 2점 차이로 성적표의 등급이 바뀌었고 그것으로 대학의
이름이 바뀌었지만, 지금 돌아보면 그 점수 몇 점이 내 인생의 등급
을 정한 것은 아니라는 생각이 든다. 너무나도 많은 분야에서 다양
하게 성공하는 사람들을 보고, 다양한 방식으로 행복하게 사는 사람
들을 보니 인생은 등급으로 매길 수 없는 것이라는 생각이 든다.

　내가 정말 아끼고 사랑하는 동생 G가 있다. 성격과 외모가 참한
사람인데, 한창 천방지축이던 20대의 내가 바라던 모습을 가지고
있었다. 그러던 어느 날, 그 G가 대뜸 '나도 언니처럼 되고 싶어' 하
고 말했다. 갑자기 무슨 영문인가 싶어 왜 그러냐고 물었더니, 할
말 다 하고 자기 주관 뚜렷한 내 모습이 부럽다고 한다. 자신은 너
무 얌전하고 소심해서 학창 시절 왕따도 당했고 지금도 남들 앞에
잘 나서지 못 한다고 했다. 그런 자신의 모습을 부모님도 답답해 하
시고 자신도 한심하다는 것이다. 성격을 바꾸고 싶은데 그게 참 힘
들다고 했다.

　참 재미있는 것이, 나는 정작 G처럼 되고 싶었다. 하지만 도저
히 그렇게 될 자신이 없어서 그냥 내 성격을 받아들이고 사는 중이
다. 그 이야기를 G에게 하자 G는 짐짓 당황했다.

　나는 말 많고 개성 강한 내 성격이 싫었다. 특히 20대까지는 누
가 뭐라 하면 참지 못하고 할 말을 다 했다. 할 말 다 하고 사니까
편하지 않냐고? 아니다. 오히려 생각하기도 전에 나가는 말로 누군
가에게 상처를 주게 되고, 말을 많이 하니 실수도 많이 해 오해도

많이 샀다. 조용한 성격으로 왕따를 당했다고 하는데, 나 역시 이런 시끄러운 성격으로 왕따를 당한 적이 있다. 다행히 왕따 주모자가 힘이 없고, 반 친구들의 주관이 뚜렷해 주모자의 말에 좌우되지 않았다. 나를 따돌리려고 주모자가 최선을 다했지만, 따돌림은 오래 가지 않았다. 그 잠깐의 기간도 무척 힘이 들었지만….

어떤 사람은 왕따를 당하는 사람은 이유가 있다고 하지만, 그 어떤 성격도 왕따를 당해야 하는 이유가 될 수 없다. 그저 남을 괴롭히면서 자신의 존재를 높이고 싶어 하는 못된 사람이 자신의 행동을 정당화하기 위해 말도 안 되는 이유를 붙이는 것뿐이다. 그러니 못된 사람의 말도 안 되는 변명으로, 내 성격을 비하하고 나 자신을 낮출 필요는 없다. 물론 자신의 잘못된 점은 반성하고 고쳐가야 하지만, 외향적 또는 내성적인 성향에 옳고 그름은 없다. 자신의 성향이 어떻든지, 성격이 어떻든지 아끼고 사랑해야 한다. 모든 성격에는 장·단점이 분명 존재하니 말이다.

실제로 얌전하고 남의 말을 잘 경청하고 이해해 주는 G는 많은 사람이 좋아하고 찾는 사람이다. 대부분의 사람들은 자신의 말을 잘 들어 주는 사람을 좋아하니까. 하지만 개성 강한 내 성격은 많은 적을 만들어 낸다. 그래서 한때는 극단적으로 말을 안 하려고 했던 시절도 있었다. 너무나도 힘들었다. 그래서 어차피 말을 할 바에는 남들이 듣기 좋아하는 말을 많이 하자고 생각했다. 그렇게 최대한 실수를 줄이고 상처 주는 말을 하지 않으려고 노력하는 중이다.

초등학생 때 우리 반에 H라는 아이가 전학을 왔다. 당시 내가 다니던 학교는 도시에 있었지만, 근처에 큰 학교가 있어 대부분 그 학교로 진학하는 바람에 두 반밖에 없는 작은 학교였다. 따라서 학교 안에는 어릴 때부터 같은 동네에서 오랫동안 지내온 친구들이 대부분이었다. 전학 온 H는 엄청 내성적이었는데, 어디서부터 시작되었는지 모르겠지만 H에 대한 흉흉한 소문이 돌았다. 전에 있던 학교에서 도둑질해서 쫓겨났다는 것이다.

그런데 아무리 봐도 얌전하기만 한 그 애는 도저히 도둑질할 사람으로 보이지는 않았다. 조용히 다가가서 단도직입적으로 물었다. 네가 도둑질한다는 소문이 있는데 사실이냐고. H는 놀라며 절대 아니라고 펄쩍 뛰었다. 그래서 난 너를 믿으니 앞으로 같이 놀지 않겠냐고 했다. 그때 나랑 제일 친한 친구가 와서 왜 도둑이랑 같이 놀려 하냐고 했다. 온 반에 다 들릴 만큼 큰 소리로 '혹시 얘가 도둑질하는 것을 본 사람 있냐'고 물었다. 당연히 아무도 대답하지 못했다. 그러자 더 큰소리로 '만약 H가 내 물건을 훔치면 내가 제일 먼저 비난하고 같이 안 놀 것이지만, 난 내 눈으로 보지 못했으니 H를 믿을 것이다'라고 했다. 내 믿음대로 H는 정말 착한 아이였다. 만약 다른 사람이 하는 말만 듣고 내가 H를 멀리했다면, 서로 상처 주고 후회하지 않았을까?

그리고 얼마 지나지 않아 집안 사정으로 도망치듯이 멀리 할머니 집으로 이사를 오게 됐다. 어릴 적 친구들과 연락을 다 끊고 살 았는데, 시간이 많이 지나고 H가 먼저 인터넷을 통해 나를 찾아 연 락했다. '잘 지내냐고, 너무 고마웠고 보고 싶다고.' 하필 H의 연락 을 받았을 때는 내가 사람들과의 관계로 힘들어할 때였고, 나 자신 을 학대하던 때였다. 그런데 사랑하는 친구라며 나를 찾은 H의 연 락을 받고 뭉클했다.

오랫동안 나는 타인의 삶과 성격을 동경하며 살았다. 나 자신을 똑바로 바라보지 못하고 남들이 좋다는 삶의 모습을 열심히 따라서 살려고만 했다. 하지만 목소리가 큰 사람은 큰 대로, 작은 사람은 작은 대로 서로 다른 감동과 울림을 주는 것을 알게 되었다. 내가 어떤 성향이든지 어떤 모습이든지 이런 나를 사랑하고 좋아해 주 는 사람이 꼭 있게 마련이다. 무리하게 나를 바꾸려고 하지 말고 내 가 가진 모습으로 아름답게 피어나자. 다양한 사람이 각자의 개성 을 존중하고 발전시킬 때 함께 어우러져 멋진 사회를 만들 수 있음 을 강하게 믿는다. 나도 당신도 존재만으로도 소중한 사람이니까.

삶은 교과서가 아니라 소설책이다

"한 소녀가 있었습니다. 그 소녀는 집안이 힘들고 어려웠지만, 어른들 말씀 잘 들으며 열심히 공부했습니다. 외로워도 슬퍼도 꿋꿋이 공부하던 소녀는 결국 수능 성적표를 받아 보고 눈물을 흘렸습니다."

어려운 환경을 극복하고 열심히 노력해서 원하는 결과를 얻은 사람들의 이야기는 많은 이에게 귀감이 된다. 학창 시절, 수업 시간 이면 선생님들은 열심히 공부해서 좋은 대학에 간 선배들 이야기를 마치 영웅담처럼 들려 주셨다. 그런 사람들의 이야기는 교과서처럼 우리가 배우고 본받아야 할 삶이 되는 것이다.

위 이야기에서 소녀는 열심히 공부해서 좋은 성적을 받아 울게 된 것일까? 만약 교과서라면 그래야 맞다. 열심히 공부했으니 좋은 성적이 나올 것이고 좋은 대학에 가야 한다. 하지만 안타깝게도 위 소녀는 바로 나다. 열심히 공부했지만 망친 수능 성적표를 보고 한참을 울었다. 열심히 노력하면 좋은 결과가 나온다는데, 왜 나는 좋은 결과가 나오지 않는 것일까?

결과가 생각보다 좋지 못하단 것은 분명 과정에 문제가 있었다는 것이다. 내가 열심히 했지만 어떤 이유로 인해 이런 결과가 나왔는지 곰곰이 분석하고 실패를 반복하지 않도록 해야 한다. 그런데 다들 해 보고 안 되면 노력이 부족했다고만 말했다. 그래서 잘못된 방법으로 더욱 열심히 노력해 더욱 큰 실패를 경험하고 더 큰 절망을 하게 되는 것이다.

'비록 지방대에 왔지만, 열심히 공부해서 법조인이 되자. 그래서 공부로 꼭 성공하자.' 그렇게 수없이 다짐했지만 잘못된 공부 방법으로 더욱 열심히 하는 통에 더 크게 망해 버렸다. 지금 생각해 보면 왜 시험에 떨어졌는지 훤히 보이는데, 당시에는 노력이 부족하다고만 생각했다. 더 열심히 노력할수록 실망만 더 커졌다.

공부를 열심히 해서 전문직을 얻으면 그 자격으로 타인을 돕고 싶었다. 그런데 꼭 전문직 자격이 있어야만 타인을 도와줄 수 있을까? 그 자격이 없다면 내가 무시받을 사람인가? 무엇보다 내가 그 자격을 가지고 살아가기에 적합한 사람인가? 어떤 직업의 단면만 보고 그것이 되기 위한 과정을 생각하지 못한 것이 아니었을까?

교과서로 공부할 때는 무조건 외우고 시험을 봤다. 내가 얼마나 외웠는지로만 평가받았고, 교과서에 있는 내용은 무조건 정답이기에 다른 생각을 할 수 없었다. 그래서 삶도 교과서처럼 정답이 있는 줄 알았는데, 삶에는 정답 따위는 없었다.

나는 결혼 전까지 여러 이유로 해외여행을 해 본 적이 없다. 그래서 처음 신혼여행을 어디로 갈지 정할 때 난감했다. 어디를 생각하고 있냐는 여행사 직원에게 되레 어디가 가장 인기가 많은지 물어보았고, 회사 다니면서 결혼 준비하는 것이 너무 피곤했던 때라 길게 알아보지도 않고 매일 마사지를 해 준다는 발리로 예약했다. 신혼여행이 좋지 않았던 것은 아니지만, 지금 다시 선택의 기회가 주어진다면 훨씬 더 잘 고를 수 있을 것 같다.

신혼여행을 갔다 온 뒤에는 해외여행의 매력에 빠졌다. 낯선 곳에서 다양한 경험을 하면서 내가 무엇을 좋아하고 싫어하는지 알 수 있었다. 그렇게 신이 나서 여행을 갔지만 사실 내가 워낙 집순이인지라 며칠 지나니 집이 그리워졌다. 집으로 돌아오니 단조로웠던 내 일상이 너무도 감사했다.

여행의 묘미는 계획대로 되지 않는다는 데에 있다. 내가 아무리 열심히 알아보고 준비해도 항상 생각지 못한 변수가 튀어나왔다. 그런 것들을 경험하며 인생도 여행과 같다는 생각이 들었다. 내 계획대로 모두 이루어지지 않지만, 변수로 작용한 것들이 후에 큰 추억이 되고 여행의 재미를 주었다. 간혹 여행지에서 예상치 못한 상황에 짜증내고 화내는 사람을 보았다. 어차피 이렇게 된 마당에 받아들이고 남은 여행을 잘 마무리할 수 있도록 하면 되는데 왜 저럴까 하고 눈살이 찌푸려졌다. 그 순간 화를 내는 여행객의 모습에 그동안 인생이 계획대로 되지 않음에 짜증내던 내 모습이 겹쳐보였다.

열심히 일하던 어느 날, 일에 치여 너무 피곤했기에 바쁘게 돌아다니는 관광보다는 휴양을 하고 싶어 적당한 휴양지를 알아봤다. 여러 번 검색한 후에 사이판이 좋아 보여 그곳으로 떠났다. 떠나기 전에 몇몇 사람들이 볼 것도 없고 재미없다고 했지만, 관광이 목적이 아니었기에 무작정 떠났다. 하지만 휴양을 목적으로 간 곳에서 결국 휴양을 하지 못했다. 아름다운 바다에서 스노클링을 한 번 한 뒤로 바다의 매력에 푹 빠져 한국에 돌아오기 직전까지 계속 스노클링을 했기 때문이다.

처음에는 바다가 무서웠지만, 호흡법을 터득한 뒤 들어간 물에서 형형색색의 물고기와 산호를 본 뒤로 바닷속으로 자꾸만 다시 들어가고 싶었다. 땅에서는 볼 수 없는 새로운 세상을 보는 황홀한 기분이었다. 배 타고 깊은 바다에 가서도 배가 떠나기 직전까지 바다에서 나오지 않는 나를 진행요원이 데리러 올 정도였다. 생각해보니 어릴 때도 물고기를 좋아해서 용돈 모아 수족관에서 물고기를 계속 사다 키웠다. 새끼까지 쳐서 친구들에게 선물로 줄 정도로 좋아했는데 어느 순간 잊고 살았다.

큰 마트에 가면 한쪽에 놓여 있는 큰 어항을 하염없이 바라보며 좋아했던 내가 직접 바다에 들어가 다양한 물고기를 봤으니 얼마나 즐거웠을까. 물 밖으로 안 나오는 나를 보며 남편이 전생에 물고기였을 것이라고 놀렸다. 회사에 가니 동료들이 옷 모양으로 선명하게 줄이 그어져 까맣게 탄 나를 보고는 장갑을 끼고 다니냐고 놀렸다. 이래저래 놀림을 많이 받았지만 아름다운 바다에서의 스노클링 경험은 잊지 못할 추억으로 남았다.

물속에 들어가는 것이 너무 좋았던 나와 달리 남편은 너무 힘들어했다. 오히려 배 위에서 한 낚시가 너무 재미있었다는 것이다. 나는 낚시가 그렇게 지루할 수 없었는 데 말이다. 이렇게 사람은 같은 것을 경험하고도 너무 다른 생각을 한다. 내 친한 친구 중 한 명은 물이 너무 무섭다고 했다. 오히려 산이 좋다고 하는데, 나는 등산을 매우 싫어한다. 단체로 등산 갔을 때 너무 괴롭고 힘든 경험을 했기 때문이다. 나처럼 물을 좋아하는 사람은 신나서 뛰어드는 바다지만, 물을 무서워하는 사람에게 억지로 들어가라고 등 떠밀면 그 사람은 엄청난 공포감을 느낄 것이다. 이처럼 같은 경험도 너무 다르게 느끼는 사람들에게 사회는 같은 방식으로 사는 것을 강요한다.

남이 좋다고 하니 자신은 별로 흥미를 못 느끼면서도 계속 그 일을 한다면 그 사람의 삶은 결코 행복하다고 할 수 없을 것이다. 그리고 만약 내가 바다에 들어가 보는 경험을 하지 않았더라면 평생 바닷속을 보는 즐거움 또한 알지 못했을 것이다. 내가 물을 너무 좋아하고 즐긴다는 것을 경험한 후에야 깨달았기 때문이다.

퇴사 후에 무기한 졸업을 연기했던 대학원에서 다시 공부할 수 있는 기회가 생겼다. 시부모님께서 학비를 내줄테니 원하면 대학원에서 공부를 마저 하고 졸업하라고 하셨다. 너무 감사했다. 하지만 예전에는 대학원에서 법을 제대로 열심히 공부해 보고 싶었지만, 자의 반 타의 반으로 그만둔 뒤로 다시 법을 공부하고 싶은 마음이 없어졌다. 이름 있는 괜찮은 대학원을 다녔으므로 만약 한 학기만 무사히 마치고 논문을 써서 졸업한다면 지방대 콤플렉스도 어느 정도 덮어질 것 같았다.

하지만 단순히 남에게 보여 주기 위해서 공부를 하고 싶지는 않았다. 법 공부보다는 하고 싶은 일이 너무 많은 지금, 다양한 경험을 하고 그동안 배워 보지 못했던 것을 배워 보고 싶었다. 대학원은 다시 공부하고 싶고 필요해졌을 때 내가 돈을 모아서 돌아가고 싶었다. 이러한 내 생각을 말씀드리며 신경 써 주셔서 너무 감사하다고 정중히 거절했다. 시부모님께서는 다행히 이런 내 생각을 이해해 주시고 지지해 주셨다.

내가 대학원 대신 선택한 것은 이직을 위한 직업전문학교였다. 거기에서 평소에 배우고 싶었던 디자인을 배웠다. 생뚱맞게 전혀 다른 분야에 도전했다. 그런데 그 도전은 실패했다. 배우면 배울수록 좋아하는 것과 잘할 수 있는 것은 너무 다르다는 것을 뼈저리게 느꼈다. 몇 달을 열심히 배우고 그쪽으로 이직하지 않는 나를 보며 어떤 분이 그럴 거면 왜 배웠냐고 하셨다. 솔직히 시간과 돈만 버린 것 같아 나도 살짝 울적했지만 이내 마음을 잡았다. 만약 열심히 배워 보지 않았다면 내가 그것을 잘할 수 있는지 없는지 어떻게 알았을까. 계속 배우지 못한 것에 연연하며 계속 미련을 가지고 있었을 것이다.

수업시간에 배운 포토샵과 일러스트 등 컴퓨터 기술은 언젠간 꼭 활용할 것이다. 특히 나이에 비해 컴맹에 가까웠던 내가 평소 어렵게 생각했던 프로그램 자격증들을 우수한 성적으로 따면서 성취감도 느끼고 뭐든 할 수 있다는 자신감이 생겼다. 이처럼 세상에 쓸모없는 경험과 지식은 없다는 생각이 들었다.

한때는 내 인생이 교과서처럼 정답이 정해져 있는 줄 알았다. 그래서 그 정답을 찾으려고 노력했고, 남들과 다른 내 삶에 실망도 많이 했다. 하지만 사회에 나와 보니 학교에서 보고 배운 지식으로는 설명 못할 사건이 많았고, 그 누구도 같은 삶을 살 수 없다는 것을 깨달았다. 남들이 좋다고 하는 삶의 방식을 배우고 습득하는 것이 아니라, 나에게 가장 맞는 방법을 찾아야 한다. 내가 어떤 순간에 가장 행복한지도 알지 못하면서 남들이 좋다는 것만 찾아다닌 세월이 솔직히 아까웠다.

나뿐만 아니라 어떤 사람의 삶도 교과서가 될 수는 없다. 동경하는 삶이 있을 수 있지만, 무조건 똑같이 따라 한다고 그렇게 될 수 있는 것은 아니기에 좌절감만 얻을 뿐이다. 그저 타인의 삶은 참고가 될 뿐이다. 우린 모두 자신의 삶을 집필해 나가는 작가들이다.

각자의 소설이 어떤 장르가 될지 어떤 이야기를 하게 될지 알 수 없
지만, 그 어떤 소설에도 맞고 틀림의 정답은 없다. 나의 인생 페이
지가 총 얼마만큼의 분량인지 지금 현재가 총 분량 중에 어디까지
왔는지 알 수 없지만, 앞으로는 더 좋은 내용으로 가득 채우길 간절
히 희망한다. 그리고 내 소설보다 나음도 못함도 없는 당신의 인생
소설 뒷이야기를 기대한다.

열심보다 의욕

고등학교에 입학하고 얼마 뒤 직급이 높은 분이 신입생들에게 공부에 대한 의욕을 심어 주고자 강의를 하셨다. 당시 그분이 하신 말씀 중에 크게 와 닿는 말이 있었다. 사람들이 모두 이순신 장군을 훌륭하다고 칭송하는데, 정작 전쟁에서 싸운 것은 이순신 장군만이 아니다. 많은 사람이 목숨 걸고 열심히 싸웠는데, 사람들은 이순신 장군만 기억하고 칭송한다. 왜냐하면 이순신 장군은 장군이었고 나머지 사람들은 직급이 낮은 일개 병사였기 때문이다. 이처럼 사람들은 높은 사람만 기억하기 때문에 공부 열심히 해서 높은 자리에 올라가는 것이 중요하다고 하셨다.

열일곱 살이었던 나는 그 말에 깊은 감명을 받았다. 그래서 높은 자리에 올라가기 위해 열심히 공부해야겠구나 생각했다. 지금도 귀가 종잇장처럼 얇은데, 어렸을 때는 특히나 심했다. 특히 선생님이나 명망 있는 어른들의 말은 곧이곧대로 받아들였다. 이 감동을 함께 나누고자 집에 와서 사촌언니에게 전했다. 컴퓨터를 하며 내 얘기를 듣던 사촌언니는 내 말을 듣더니 콧방귀를 뀌었다.

"웃기네. 그럼 모든 사람이 장군이 되려고 하지, 누가 나라를 구하려고 노력하냐. 장군이 아닌 그 사람들의 노력은 아무것도 아니냐? 무엇보다 애초에 그 사람들이 사람들에게 알려지고 싶어서 전쟁에 참여했겠냐. 왜 나를 남들이 기억해야 하는데?"

언니 말을 듣고 충격받아 아무 말도 할 수 없었다. 첫째는 나이 많은 어른의 말을 아무렇지도 않게 비평하는 언니의 당당한 태도에 놀랐고, 두 번째는 듣고 보니 나이 많은 그분의 말보다 겨우 나보다 한 살 많은 언니의 말이 더 옳은 것 같아 놀랐다. 사람이 자신의 말과 행동을 표현하는 것은 자유지만, 그것으로 인해 나 같은 많은 사람이 영향을 받을 수 있고, 또한 무조건 나이 많은 사람들의 말이 다 맞지 않는다는 것을 깨달았다. 나이나 직함·직급은 그 사람의 한 모습이지 그로 인해 모든 것이 나보다 높고 잘난 것은 아니다. 어떤 지식이나 교훈을 얻을 땐 비평적인 사고가 정말 중요하다는 것을 어른이 되어가면서 더 크게 깨닫고 있다.

이순신 장군은 거북선이라는 위대한 것을 만들어 적은 인원으

로도 왜구를 물리치신 영웅이다. 이렇게만 알았을 때는 마냥 존경
스럽기만 했고, 나도 저런 사람이 되어야겠다고 생각했다. 하지만
조금 더 공부해 보면 이순신 장군의 삶이 결코 녹록지 않았다는 것
을 알 수 있었다. 단순하게 생각했을 때 나라를 구한 영웅이니 전쟁
후에는 추대를 받아야 마땅한데, 실제로는 백성들이 이순신 장군을
너무 좋아하니까 전쟁 때 도망갔던 높으신 분들에게는 눈엣가시였
다. 잘했다고 상을 주지는 못할 망정 오히려 시기하여 각종 트집을
잡아 고생시켰다. 솔직히 나라면 더럽고 치사해서 장군이고 뭐고
다시는 전쟁에 나서지 않았으리라.

　하지만 장군께서는 왜구에 무차별하게 학살당하는 백성들을 목
도하시고는 다시 전쟁에 나가신다. 적은 인원으로 왜구를 물리칠
수 있었던 것은 적은 인원으로도 사랑하는 사람들을 악착같이 지키
고자 하는 마음으로 훌륭한 전술을 펼친 탓이다. 당시 죽음을 각오
하고서라도 이순신 장군을 따랐던 많은 부하는 이러한 장군의 마음
에 동조한 것이 아닐까. 쓰러져 죽어가면서 아무도 내 죽음을 기억
해 주지 않을 거라며 슬퍼하지는 않았을 것이다. 비록 지금 목숨을
잃지만 내 힘으로 사랑하는 가족을 지킬 수 있다는 자긍심을 가지
고 계시지 않았을까.

　대부분 사람이 이름조차 남기지 못하고 죽었지만, 그들의 죽음
이 이순신 장군님의 죽음보다 결코 가볍거나 허망하지 않다. 소중
한 생명임에는 다르지 않으므로…. 후대에 길이 칭송되는 이순신

장군님은 그 유명세로 인해 살아 생전 많은 고생을 하셨다. 그래서 왕관은 그 무게를 견디는 사람만이 쓸 수 있다는 말이 나오는 것 같다. 많은 사람이 왕관의 현란함을 쫓는데, 막상 왕관의 무게는 생각하지 못하는 것 같다.

요즘 하루가 멀다 하고 자살 소식이 들린다. 그런 기사를 읽을 때마다 너무 가슴이 아프다. 그런데 그 기사에 달린 댓글을 보면 '너보다 힘든 사람도 많은데 왜 죽냐'부터 '특정 정치인 때문에 나라가 엉망이라 이 일이 발생한 것이다'까지 다양한 내용이 많다. 열심히 댓글 달고 자신의 의견을 말하는 것은 좋은데, 남 탓으로 돌리며 비난하기보다 함께 다시는 이렇게 슬프게 목숨을 버리는 일이 생기지 않도록 열심히 궁리하는 것이 좋지 않을까?

한두 사람의 생각과 머리로는 절대 어려운 사회문제를 해결할 수 없다. 나이가 많고 적고 상관없이, 자신의 업이 무엇이든 상관없이, 함께 머리를 맞대면 좋은 생각이 많이 나오고 결과적으로 좋은 사회를 만들 수 있을 것이다. 또한 이런 안타까운 사건들을 보며 왜 이런 일이 생겼는지 밝혀 누군가에게 책임을 씌우고 문책하는 것도 중요하지만, 그보다 다시는 이런 일이 생기지 않도록 예방하는 것이 더 중요할 것이다. 안타까운 사건이 한 번 일어나는 것도 슬픈데 계속 일어나니까 너무 슬프다. 그래서 이런 일이 안 생기게 하려면 우선 나는 어떤 것을 할 수 있을지 고민하게 되었다.

주위에 힘들어 하는 사람들을 보면 절대 어떠한 것도 탓하지 않고 무조건 공감하고 이해해야겠다. 내가 너무 힘들고 괴로웠을 때, 생을 마감하고 싶었을 때 주위 사람들 덕분에 이겨 낼 수 있었다. 아마 다른 사람들도 비슷할 것이다. 사실은 너무 살고 싶은데 혼자서 세상을 헤쳐 나갈 자신이 없는 건 아닐까. 누군가가 너는 혼자가 아니라고 함께 이겨내자고 아낌없는 공감과 위로를 해 준다면 과연 그 많은 사람이 자신의 소중한 목숨을 놓아 버렸을까?

어느 날 남편이 새벽 3시를 훌쩍 넘겨서 집에 왔다. 11시까지 야근을 하고 사무실을 나서는데, 팀장이 수고했다며 술을 사 준다고 해서 같이 갔다 오느라 그리 늦었단다. 남편은 회사에서 팀을 옮기면서 일이 늘어 야근하는 날이 많아졌다. 야근만 해도 집에 늦게 가는데 윗사람은 이상하게 야근했으니 술을 먹으러 가자고 하기 일쑤였다. 그래서 일보다 회식으로 늦어질 때가 더 많았다. 윗분들은 편한 후배들 앉혀 놓고 술 마시면서 풀고 싶겠지만, 아랫사람들은 안 그래도 피곤한데 피로만 더 쌓일 뿐이다. 회사 내에서도 회식을 줄이라고 지침이 내려오지만, 그분들 입장은 특별히 본인의 시간과 돈 들여 술까지 사 주니 좋지 않냐는 것이다.

왜 본인이 좋으면 남들도 좋다고 일반화해버리는 것일까? 그리고 회식도 업무의 연장이라는데, 무리해서 회식하고 나면 다음날 일하는 데 능률이 확 떨어지는 것은 생각하지 못하는 것일까? 열심히 오래 일하는 것보다 의욕적으로 빨리 끝내는 것이 더 효율적이라는 것을 정녕 모르는 것일까? 사람들은 자신이 타인을 위해 열심히 희생한다고 생각하지만, 그 희생이 정말 타인을 위한 것인지 깨닫지 못하는 듯 하다.

나는 술을 못 마신다. 한때는 술을 많이 마시는 사람이 강해 보여 부럽기도 했다. 그래서 술을 잘 마시는 척하기도 했다. 하지만 이제는 술을 못 마시는 나를 인정하기로 했다. 그런데 나는 나를 받아들였는데, 사람들은 이런 나를 받아들이지 못한다. 술 권하는 사회에 살면서 술을 못 마신다는 것은 많은 거절을 해야 한다는 것을 의미한다. 거절당한 사람들은 기분 나빠하며 술도 운동처럼 연습하면 는다고 이야기한다. 나는 마실 수 있는데 왜 너는 못 마시냐의 반응이 대부분이었다.

그렇다면 나는 내가 술 못 마신다는 것을 어떻게 알고 있을까. 대학에 입학해서 사람들과 어울리고 싶어 술자리에 많이 갔다. 하지만 몇 잔 마시지도 않았는데 끝이 너무 안 좋았다. 자꾸 정신을 잃고 쓰러지는 것은 기본이고, 남에게 피해를 주곤 했다. 그래도 마시면 늘겠지 하며 열심히 반복했는데, 그러던 어느 날 결국 쓰러져 응급실에 실려 갔다. 선배들이 놀라 둘러업고 뛰었고, 친구에게서 연락을 받고 온 엄마가 놀라고 안타까워하며 울먹이셨다. 나도 더는 술 마시는 것이 싫어서 이후 술을 입에도 대지 않는다.

나는 술맛을 모른다. 억지로 마시는 것도 참 괴롭다. 하지만 아직도 나에게 열심히 마시면 언젠가는 는다며 술을 권하는 사람들이 제법 된다. 내 몸은 누구보다 내가 가장 잘 아는데 왜 그렇게 나에 대해 확신을 할까? 정말로 열심히 술을 마시다 나에게 무슨 일이 생기면 책임져 주지도 않을 것을 뻔히 아는데 너무 쉽게 무책임한 말들을 할까?

술 좋아하는 분들은 내게 술 못 마시는 사람은 인생에 낙이 없다고 이야기한다. 하지만 나는 술을 마시지 않아도 사는 것이 즐겁다. 힘든 일이 있으면 술로 푸는 사람이 있지만, 나는 좋아하는 커피를 마시고, 좋은 책을 찾아 읽으며 힘을 얻는다.

사람마다 스트레스 받는 지점도 다양하지만, 푸는 방법은 더 다양하다. 나의 이런 다른 점을 인정해 주는 사람과는 술자리를 가진다. 비록 술을 마시지 않지만 즐겁게 놀고 잘 어울린다. 가끔 이런 나를 보며 요즘에는 사이다에도 알코올이 들어 있냐고 의아해 하는 사람도 있다.

세상은 많은 기준을 세워 놓고 각자의 개성을 무시한 채 그 기준에 맞춰 살기를 강요한다. 다른 것을 인정하지 않고 틀렸다고 하며 열심히 노력하면 기준을 맞출 수 있다고만 한다. 그런데 그런 의미 없는 노력이 정말 필요할까. 잘못된 방법으로 열심히만 살면 내가 더 힘들어지는 것은 뻔한데, 억지로 남의 기준에 나를 끼워 맞추려고 노력해야 할까? 세상의 기준에 맞지 않는다고 무조건 내가 틀린 것은 아니다. 엉뚱한 곳에 힘 빼지 말고 나를 더욱 빛나게 할 수 있는 나만의 방법을 찾자.

주위의 참견에 의연하기

'사공이 많으면 배가 산으로 간다.'

물에 뜬 배는 힘차게 노를 저어야 앞으로 나아갈 수 있다. 그런데 이 사람 말 듣고 저 사람 말 듣고 줏대 없이 가다 보면, 엉뚱하게도 배가 산으로 올라가버리는 경우가 있다. 기껏 열심히 옮겼는데 엉뚱한 산으로 간 것도 모자라, 그곳에선 아무리 힘차게 노를 저어도 배가 앞으로 나아가지 않는다. 본래 역할을 하지 못하고 여러 사람 고생만 시키는 것이다.

어쩌면 내 삶도 배와 같다. 이 배의 방향키를 움켜쥔 선장은 난데, 자꾸 주위에서 내 배를 움직이려 한다. 나라는 사람은 하나고, 내 삶도 하나인데 주위 사람들은 나에게 참 다양한 기대들을 한다. 팔랑거리는 얇은 내 귀를 꽉 붙잡지 못하고 여기저기 모든 사람의 말을 들었다면 내 삶은 저 산꼭대기로 향하는 배와 같았으리라. 실제로 몇 번인가 내 귀를 제대로 붙잡지 않아 팔랑거리는 바람에 산쪽으로 열심히 갔다가 다시 바다로 돌아온 적도 있다. 돌아올 때는 얼마나 짜증이 나던지….

결국은 나의 판단을 믿지 못하고 타인의 말에 혹한 내 잘못인데, 타인의 말을 들었다가 실패하면 나보다는 타인에게 탓을 돌리고 불평을 하게 된다.

주위를 둘러보면 부모님이 자식에게 원하는 것과 자신이 원하는 방향이 다른 경우를 흔히 볼 수 있다. 많은 부모가 자식이 당신들의 뜻대로 살기를 바란다. 이유는 단순하다. 이 험한 세상에 내 자식만큼은 나처럼 힘들게 살지 않기를 바라서다. 하지만 부모의 판단과 생각이 꼭 옳은 것일까? 부모님들이 살아 온 시절과 자녀가 겪고 있는 환경은 너무도 다른데, 그 사실은 판단 기준에서 제외되는 것 같다. 많은 부모님이 자녀가 자신의 말을 안 듣는다고 속상해하시는 것을 본다. 그 마음이 이해가 안 되는 것은 아니지만 솔직히 그렇게까지 걱정하실 일은 아니라는 생각이 든다.

어느 날 특이한 분을 만났다. 그분은 아들이 하나 있는데, 놀랍게도 본인의 아들이 크면서 자신의 말을 잘 안 들었으면 좋겠다고 하셨다. 평소 만나던 부모님들의 모습과 너무 달라서 만약 자식이 말을 안 들으면 속상하지 않냐고 되물었다. 그러자 전혀 뜻밖의 답이 나왔다.

"솔직히 제 말을 잘 안 듣고 말대답하면 순간 기분은 안 좋죠. 하지만 저와 그 아이는 벌써 20년 이상 차이가 있어요. 만약 그 아이가 제 말을 이해하고 따른다면 그게 더 이상하다고 생각해요. 20년이면 강산이 두 번 이상 바뀔 만큼의 세월인데, 제가 아무리 좋게 얘기해도 저는 옛날 사고를 가지고 있을 수밖에는 없어요. 저는 요즘 사회를 따라가기 너무 힘들어요. 하지만 제 아이가 현시대에 맞춰 생각이 깨어 있으면, 저의 낡은 생각에 동조하고, 따르려 하지 않을 겁니다. 그러니 저는 제 아이가 제 생각에 동조해 후퇴하는 것이 아니라, 제 말 안 듣고 시대를 앞장서서 갔으면 좋겠어요."

그분 말을 듣고 큰 깨달음이 왔다. 나 역시도 앞으로 아이를 낳으면 어떻게 키워야 할지 벌써부터 이런저런 생각이 많았다. 특히 주위에서 아이 때문에 힘들다는 말을 많이 들어서, 나중에 내 아이가 내 말 안 듣고 속 썩이면 어떡하나 걱정이 되기도 했다. 하지만 이 말을 듣고 나니 내 기분이 좀 안 좋아도 우리 아이가 내 생각을 따르지 않음에 너무 속상해 하지 말아야겠다는 생각이 들었다. 또 나 역시도 계속 공부하고 노력해서 고루한 사고에서 벗어나 아이와 깊은 대화를 할 수 있는 엄마가 되기 위해 준비를 해야겠다는 생각도 들었다. 아이를 갖기 위해 몸만 만들려고 노력했는데, 이제는 몸뿐만 아니라 마음의 준비도 시작해야겠다.

또 언젠가는 이와 상반되는 이야기도 들었다. 요즘 젊은 사람들은 맞고 자라지 않아 버릇이 없다고. 그래서 좀 맞아야 한다고 말이다. 그때는 내가 제대로 들은 건지 귀를 의심했다. 그분은 평소 본인은 윗사람에게 아무 말 못하고 속앓이만 하다가 아랫사람이 말대답하는 것을 못 견디는 유형이었다.

우리 사회에는 오랫동안 사랑의 매가 통용되었다. 사랑하니까 때리는 것이라고. 누구든 매를 맞으면 아프다. 매의 효과는 강력하다. 대부분 맞기 싫으니 때리는 사람의 말을 자연스럽게 듣게 되지만, 그것은 일시적일 뿐이다. 왜 그 행동을 하지 말아야 하는지에 대한 이해와 반성이 동반되지 않기 때문이다. 만약 그렇게 길이 들어 윗사람이 시키는 것에 무조건 따른다고 하면, 본인은 과연 만족하며 행복하게 살 수 있을까. 좀 맞아야 한다는 그분께 하고픈 말이 많았지만, 어차피 말대답한다고 할 것이 뻔해 그냥 웃고 말았다. 속으로 '저는 버릇없이 멋대로 살겠습니다'하고 다짐하면서….

어린 시절 비교적 어른들의 말을 잘 듣는 나였지만 몇 번 중요한 결정을 할 때에는 어른들의 말을 듣지 않았다. 그중 첫 번째가 고등학교 진학이었다. 중학생 때 공부를 잘하는 편이었지만 도시에 있는 특목고에 갈 정도로 뛰어나게 잘하거나, 또 내 뒷바라지를 할 만큼 집에 돈이 많지도 않았다. 그래서 급이 조금 떨어지는 고등학교에 가서 전교 일등을 해 장학금을 받아 학비도 벌고, 좋은 내신으로 좋은 대학에 진학하라는 말을 들었다. 그런데 아무리 생각해도 나는 당장 일등보다는 공부 열심히 하는 분위기에서 도전하고 싶었다. 무엇보다 지금보다 훨씬 자존감이 낮았던 때라 조금이라도 더 남들 눈에 좋아 보이는 학교에 가고 싶었다.

두 번째는 수능 봐서 대학에 진학하지 말고, 그 좋은 머리로 시험 봐서 공무원 하라는 말이었다. 하지만 결국에는 대학에 갔다. 이제 그만 공부하고 돈 벌어 좋은 남자 만나 시집가라는 말도 흘려 듣고, 대학원에 진학해 공부를 더 하게 되었다.

이렇게 이야기를 늘어 놓고 보니 나는 말 잘 듣는 모범생은 아니었나 보다. 내 고집 때문에 사서 고생한 듯한 느낌이랄까. 하지만 큰소리친만큼 잘 해 내지 못해 낙담은 많이 했지만 적어도 내 선택에 후회는 없다. 돈도 없는 주제에 무리해서 공부한 것이 시간과 금전 면에서 보면 손해였지만, 그 힘든 과정을 거쳐 많은 사람을 만났고 또 이렇게 정신적으로도 성장했으니 말이다. 이런 것들은 돈으로 살 수 없는 것 아닌가. 만약 어른들 말씀처럼 안정적인 삶을 추구해서 살았다면 내 성격상 만족하며 살지는 못했을 것이다.

지금 나는 망망대해 한가운데 있다. 바다 건너 미지의 신대륙을 찾겠다고 우겨서 바다까지는 배를 잘 끌고 왔다. 중간에 큰 파도를 만나서 엎어지고 깊은 물에 끝없이 빨려 들어갈 뻔했지만, 그래도 열심히 노를 저으며 앞으로 나아 왔다. 지금 잠시 노젓기를 멈추고 두리번거리고 있지만….

내 인생이 앞으로 어디로 나아가게 될지 잘 모르겠다. 비슷하게 출발했던 사람들은 모두 멀리 떨어져 있다. 하지만 지금 내 곁에는 사랑하는 사람이 함께 있다. 서로의 배가 잘 나갈 수 있도록 도와주고 의지하며 조금씩 나아가고 있기에 외롭지도 않다. 한동안은 길 잃어버리고 나침반만 뚫어지게 보고 있었다. 그러다 나침반을 덮고 '에라 모르겠다' 하고는 어두운 밤하늘을 올려다 봤다. 생각보다 많은 별이 내가 갈 방향을 알려 주고 있었다.

내 인생이라는 배의 선장은 나 자신이다. 주위 사람에게 길을 물어보고 참고할 수는 있지만, 방향을 정하고 나아가는 건 결국 나 자신이다. 지금 열심히 노를 젓고 있지만 앞으로 나아가고 있지 않아 답답하거나, 어쩌면 내 배가 엉뚱하게 산 위를 오르는 것은 아닐까 걱정된다면, 그리고 내 앞이 어두워 잘 보이지 않는다면 조금 떨어져 바라보자. 너무 가까우면 시야가 더 좁아지니까.

아직 길을 헤매고 있기는 하지만, 제자리를 맴돌지 않고 꾸준히 앞으로 나아간다면 오래지 않아 순풍을 만나 먼 바다로 쭉쭉 항해해나갈 수 있을 것이다.

Chapter 3,

느린 게 아니라 충전 중입니다

♫

"내가 늘 웃으니까 내가 우습나봐

하지만 웃을거야 날 보고 웃는 너 좋아

자꾸만 도망치고 싶은데

저 화려한 큰 무대 위에 설 수 있을까 자신 없어

지금까지 걸어온 이 길을 의심하지는 마

잘못 든 길이 때론 지도를 만들었잖아

...

그래 괜찮아 잘해 온거야

그 힘겨운 하루 버티며 살아 낸거야

지지마 지켜왔던 꿈들 이게 전부는 아닐거야"

- 유희열의 '그래, 우리 함께' 노랫말 중에서 -

어른도 방학하면 안 되나요

18kg, 38kg

이것은 각각 내가 초등학교 1학년 때, 중학교 1학년 때 몸무게다. 보통 내가 이렇게 말하면 사람들은 어쩌면 저렇게 가벼울 수가 있냐고 깜짝 놀란다. 물론 지금 내 모습과 많이 달라 보여서일 수도 있지만 말이다.

지금 몸무게는 평균에 가까워 또래들처럼 가끔 살을 걱정하기도 하지만 전에는 참 오랜 기간 살이 안 쪘다. 아니 못 쪘다. 부럽다고 하는 사람도 있지만, 당시 내 모습을 본 사람들은 살찌는 것이 세상에서 제일 쉬운 일이라는 듯 아무렇지도 않게 "살 좀 쪄. 난민 같아. 그게 뭐야?"라는 말을 참 많이도 했다. 말라서 좋고 안 좋고의 논쟁을 떠나서 저렇게 말랐기 때문에 난 체력이 약해도 너무 약했다. 조금만 피곤하면 코피는 당연하고, 심지어 쌍코피도 많이 흘렸다. 그래서 초등학교 저학년일 때는 책가방을 메면 뒤로 자빠질 것 같아 종종 엄마가 가방을 들고 학교까지 함께 가셨고, 학교 수업을 다 소화하지 못해 가끔 조퇴도 했다.

하루는 엄마가 나를 조퇴시키려고 하자, 그 모습을 본 남동생이 왜 맨날 누나만 먼저 집에 가느냐고 자기도 데리고 가 달라고 울고불고 매달리다가 선생님께 교실로 끌려 들어간 적도 있다. 하지만 조퇴는 가끔 했지만, 결석은 한 번도 한 적 없었고, 고학년이 되자 조퇴도 하지 않았다. 점점 체력이 좋아진 것도 한몫했지만, 학교 가기 너무 힘든 날에도 몇 번만 더 가면 방학 때 쉴 수 있으니 조금만 참자 하며 견뎠기 때문이다. 실제로 방학 때 집에서 푹 쉬고 나면 학교에 가고 싶기도 했다.

사람의 체력은 한정적이다. 내 체력이 특별히 더 약했지만, 아무리 체력이 좋은 사람도 자지 않고 쉬지 않고 계속 일하면 쓰러질 수밖에 없다. 더구나 한정된 것은 사람의 체력만이 아니다. 눈에는 보이지 않지만 마음도 계속 쓰면 고갈된다. 언제나 열정을 강요하지만 늘 열정적일 수 없고, 항상 웃고 싶지만 가끔은 울적해질 때도 있다. 이렇게 사람의 몸과 마음은 한정되어 있는데, 사회는 자꾸 쉬지 않고 달리라고 한다. 내가 잠시 쉬고 싶어도 내가 쉴 동안 경쟁자는 더 멀리 가 버린다. 도대체 쉴 틈을 주지 않는다.

퇴사하면서 퇴직금을 받으니 주위에서는 그 돈으로 여행이라도 다녀오라는 말을 했다. 그동안 수고한 나에게 보상을 하라는 것이다. 하지만 내가 고생해서 모은 돈이라 한 번에 다 쓰고 싶지 않았다. 그리고 내가 언제 다시 돈을 벌 수 있을지 몰라 일단은 아껴 두기로 했다. 여행은 안 가지만, 그동안 시간과 돈을 핑계로 배우지 못했던 것을 배워 보자 해서 평소 관심 있었던 것들을 배우기 시작했다. 워낙 손으로 만드는 것을 좋아해 공예를 배우면서 우울증이 치료되었고, 내가 그런 쪽에 재능이 있다는 것도 알게 되었다.

또한 마음 한편에 늘 디자인이라는 직종을 동경해서 언젠가는 꼭 배우고 싶었던지라 용기 내서 몇 달 동안 아침부터 저녁까지 빠듯하게 배웠다. 열심히 배우기는 했지만 색맹 수준으로 색감이 없어 나는 절대 디자인은 할 수 없다는 것을 깨달았다. 그런데 특이하게 디자인을 함께 배우는 학생들 공모전에 낼 글을 적어 주고 자기소개서 작성도 도와주면서 글을 잘 쓴다는 말을 많이 들었다. 그러면서 내가 글쓰는 것을 매우 좋아한다는 것도 깨달았다. 전에는 생각지도 못했지만, 내가 좋아하는 일로 먹고살 수도 있지 않을까 하는 생각도 들었다.

내가 중학교를 다니던 시절에는 소지품 검사라는 것이 있었다. 다른 반에서 소지품 검사를 하고 있다고 누군가 알려주면 반 친구들이 부랴부랴 화장품 숨기기에 바빴다. 나는 그 친구들 틈에 껴서 부랴부랴 만화책을 숨겼다. 시험이 끝나면 친구들과 노래방으로 달려가서 소리 지르며 노래 부르는 것을 좋아했다. 그 습관은 어른이 돼서도 이어져 만화책은 웹툰으로 바뀌었고, 노래방은 여전히 가며, 틈틈이 좋은 노래를 찾아 듣고 있다. 짬이 날 때마다 좋아하는 것을 실컷 하고 있다.

너무 재미 있어서 밤새는 줄 모르고 보았던 웹툰이 있는데, 내용도 감동적이지만 그 밑에 달린 댓글들이 인상 깊었다. 자신의 삶이 너무 우울하고 힘들었는데 웹툰 보고 희망을 얻었다는 내용이었다. 또 좋은 노래들을 찾으면서 한 블로그의 글을 보았는데, 신기하게 사람들의 열 마디 말보다 좋은 노랫말이 정말 힘들 때 자신을 위로한다고 적혀 있었다. 그런 것들을 보면서 그림과 음악으로 사람의 마음을 움직일 수 있다는 것을 알 수 있었다. 나도 사람들에게 위안이 되는 콘텐츠를 만드는 사람이 되고 싶다는 생각이 들었다. 그러기 위해서는 무엇을 어떻게 해야 할까?

나는 일단 그림과 노래를 좋아하지만 잘하지는 못한다. 하지만 글 쓰는 것은 자신 있었다. 고등학생 때 문학 쪽으로 유명하신 분이 한동안 학교에 수업하러 오신 적이 있었다. 그 사이에 학교 축제가 열렸다. 당시 문예부로 활동하며 시화전을 해서 시를 전시하고 발표했는데, 그분이 내 글을 보시더니 정말 재능 있다고 칭찬을 많이 해 주셨다. 글로 상을 받아도 직접 칭찬을 듣기는 처음이라 굉장히 감사하고 기분이 좋았다.

하지만 그분이 진행하던 수업이 끝나고는 공부하느라 까맣게 잊어버리고 있었다. 내 글이 참 따뜻하다고 하셨는데, '이제라도 따

뜻한 글을 써서 누군가에게 희망을 줄 수 있다면 얼마나 행복할까'
하는 생각이 들었다. 이 일로 내가 얼마를 벌고 어떤 삶을 살게 될
지는 굳이 상상할 필요도 없었다. 따뜻한 글로 누군가를 위로해 줄
수 있다는 생각만으로 가슴이 벅차고 행복했기 때문이다. 그 뒤로
책 쓰기 위한 공부를 하고 책을 더 열심히 읽으며, 유명 강사들의
강의를 찾아서 들었다. 남들이 보기에는 그저 빈둥빈둥 노는 것으
로 보였겠지만 하루하루가 너무 행복하고 감사한 날들이었다.

언제부턴가 젊은 나이에 쉬는 것은 죄가 되어 버린 듯하다. 얼
마 전 퇴사하고 쉬고 있는 친한 동생을 만났다.

"친구들 모두 회사 다니거나 이것저것 준비하는데, 저만 너무
쉬는 것 같아 불안해요."

동생의 손을 잡아 주며 말했다. 잘 쉬어야 또 열심히 뛸 수 있다
고, 삶에도 방학은 필요하다고. 이렇게 쉴 수 있는 시간이 언제 다
시 올지 모르니까 어차피 쉬는 것 불안해하지 말고 하루하루 감사
하며 쉬라고 말이다.

오랫동안 열심히 앞만 보고 달렸다. 나도 쉬기 시작한 지 얼마
되지 않았다. 예전에 너무나도 열심히 살던 시절에는 친한 친구가
너 그렇게 살면 하나님이 부르지도 않았는데 하나님 만나러 갈 수
있다고 조심하라고 했다. 그 말을 흘려들어서 몸이 너무 망가져 버
렸다. 어릴 때는 그렇게 약했으면서 체력이 좀 생겼다고 무리했더
니 몸과 맘이 고장 나 버려 강제로 휴식하게 되었다.

하지만 쉬면서 휴식이 정말 중요하다는 사실을 깨닫게 되었다. 평생을 놀기만 한다면 휴식이 아니라 시간 낭비지만, 내가 정말 열심히 살고 있다면 한 번쯤은 쉬는 시간을 가져야 한다. 내가 옳은 길로 가는지, 이 길이 맞는지 점검하는 시간도 필요하다. 달릴 때는 길이 보이지 않지만, 잠시 걸음을 멈추면 내가 왔던 길과 가야 할 길, 그리고 그 주변이 매우 잘 보인다.

내가 휴식 시간을 갖지 못했다면 내가 정말 좋아하는 것이 무엇인지 찾아낼 수 없었을 것이다. 그리고 이루지 못한 것들에 대한 후회로 자책하며 살았을 것이다. 지금처럼 내 삶을 사랑하지 못했을 것이다.

인생은 속도가 아니라 방향이 중요하다. 지금까지 열심히 달리기만 했다면 한 번쯤은 나 자신을 위한 휴식 시간을 가져보자. 주어진 시간에 대해 불안해하지 말고 감사하며 내가 걸어온 길을 되돌아 보자. 그것은 내 삶을 더 사랑하고 잘 살기 위해 꼭 필요한 과정이다.

인생은 긴긴 마라톤

"준비, 탕!"

어릴 때 달리기 시합을 하기 위해 출발선에 서면 심장이 두근거렸다. 특히 출발을 알리는 총소리나 호루라기 소리가 들리면 순간 가슴이 철렁해서 멈칫했다. 이렇게 남들보다 출발이 느렸기에 달리기 성적은 늘 좋지 않았다. 그러다 어느 날 이를 악물고 달리면서 앞 친구들을 앞지르기 시작했다.

한 명 한 명 앞지르는 순간 너무 기분이 좋았지만, 결국 그 달리기 평가에서는 점수조차 받지 못했다. 이유는 단거리가 아닌 장거리 달리기에서 초반에 너무 무리하게 힘을 쓴 나머지 나중에는 비틀거리며 완주조차 하지 못했기 때문이다. 지금도 체력이 약하지만 어릴 적에는 운동장 한 바퀴도 버거워하던 아이였기에, 이렇게 초반에 무리하다 보니 결국 다리에 힘이 풀렸고, 나머지 경주는 해 보지도 못했다.

이처럼 나는 열정이 넘친 나머지 초반에 힘을 빼 버리는 일이 비일비재했다. 대학만 가면 평생 공부란 것을 안 할 것처럼 고등학생 시절 무리하게 공부하려 했고, 늘 '이것만 지나면, 이것만 지나면'을 입에 달고 살았다. 그러다가 생각보다 부진한 결과에 크게 실망했고, 빨리 끝내고자 하는 일이 길어지면 짜증을 냈다. 늘 결과만 바라보고 과정을 등한시했기에 과정을 즐길 수 없었고, 그 과정이 길어지면 일찌감치 지쳐버리곤 했다. 빠른 것을 미덕으로 삼았기에 대학 시절 휴학은커녕 1년이나 빠르게 졸업하였고, 여러 가지 일을 무턱대고 동시에 진행하며 이도 저도 안 되는 결과를 초래했다.

지금 돌아보아도 소중한 시간을 아끼고 아껴 여러 가지 일을 하며 바쁘게 산 것이 꼭 잘못된 일은 아니었다. 하지만 너무 쫓기듯 살며 여유를 누리지 못했기에 그것이 안타까울 뿐이다. 마음의 여유가 없으니 불만과 짜증을 해소하지 못하고 쌓아 두었다가 예민한 마음이 일시에 폭발하곤 했다.

몸이 아파 원치 않게 휴식을 하게 되면서 당장 이직도 못하고 일을 쉬고 있는 나 자신이 처음에는 한심했다. 그러나 쉬면서 체력을 보충하고 마음을 충전하니 어떤 일도 할 수 있을 것이라는 자신감이 붙었다. 인생은 생각보다 길다. 당장 조금 빠른 것이 중요한 것이 아니라, 오랫동안 초심을 유지하며 자신을 믿고 인내심을 발휘할 수 있는가가 중요하다.

발급받은 후 몇 년 동안 내 운전면허증은 지갑 속에서 비싼 신분증 역할밖에 하지 않았다. 하지만 매번 어디에 갈 때마다 남편만 운전하는 것이 미안했고, 무엇보다 나는 술을 마시지 않는데 술 좋아하는 남편을 위해 운전을 해야겠다는 생각이 들었다. 성격 급하고 매사에 빠른 것을 추구하던 나였지만, 운전할 때만큼은 항상 주위를 살피고, 안전거리를 유지하며 규정 속도로만 달린다. 그래서인지 운전할 때면 뒤에서 신경질적인 경적 소리가 들려온다. 빨간 신호 앞에 정차하고 있는데, 사람도 차도 없으니 빨리 가라고 다그친다. 또 어린이보호구역에서 규정 속도를 지키고 천천히 가고 있으면 빨리 가라고 빵빵거린다.

하루는 여행을 가느라 구불구불한 산길의 2차선 도로를 달리는데, 뒤에서 차 한대가 빵빵거리더니 중앙선을 침범해서 끼어들려고 하였다. 그런데 중앙선을 넘었으면 얼른 추월해서 내 앞으로 와야 하는데, 오지는 않고 옆 차선에서 뭐라 하는 것 같았다. 그때 맞은편에서 트럭이 달려오는 것이 보였다. 아찔한 순간이었다. 브레이크를 얼른 밟으며 내 앞으로 오라고 손짓을 했다.

무리하게 차선을 변경하여 앞질러 가는 차를 몇 분 뒤에 다시 보는 경우가 많다. 그래 봐야 몇 분 차이도 안 나는데 목숨을 걸 만큼 일이 급한 것일까, 아니면 마음이 급한 것일까. 어쩌면 우리는 운전뿐 아니라 인생에서도 무조건 빨리만 가려고 서둘고 있는 것은 아닐까?

많은 사람이 성급한 일반화의 오류를 범한다. 몇 사람이 그렇다고 이야기하거나 혹은 내가 그 범주에 포함되면 다른 사람들도 다 그렇다고 판단해 버린다. 여자는 공간지각 능력이 부족해서 운전을 못한다고들 하지만, 나는 여자임에도 공간지각능력이 좋다. 남자는 강인한 대신 섬세하지 못하다고 하지만, 나보다 섬세한 남자도 많이 봤다. 그리고 남자도 눈물 흘릴 줄 알고, 또 흘려야 한다고 생각한다. 힘든데 억지로 참고 있는 남편을 안아주며 남자도 눈물을 흘려야 한다고, 아프면 아프다고 말해야 하며 실컷 울고 털어 버리라고 토닥여 준 적도 있다. 항상 여자만 남자의 위로를 받아야 하는 것도 아니다. 일반화의 오류에서 벗어날수록 더 많은 진실이 눈에 들어온다.

오랜만에 추리소설을 읽었다. 거의 500페이지에 달하는 많은 분량이었지만, 앉은 자리에서 몰두해 끝까지 봤다. 마지막 장을 덮으며 범인과 진실을 알게 되었을 때는 쾌감이 느껴진다. 그런데 대부분 범인은 내 예상을 한참 벗어난 사람이다. 매번 추리소설을 읽으면서도 범인을 맞추지 못하는 걸 보면 나도 편견과 선입견이 꽤 심한 사람인 것 같다.

이처럼 소설뿐 아니라 현실에서도 내 편견을 깨는 일들이 많이 생긴다. 공부 못하면 늙어서 고생한다고 하지만, 공부를 잘하는 것도 하나의 재능에 불과하다. 공부 못하는 사람도 다른 자신의 재능

을 발견하고 발전시키면 얼마든지 성공할 수 있다. 당당히 자신만
의 길을 걸어 소신을 펼친 사람이 성공하는 것이다. 추리소설에서
작은 단서가 사건을 푸는 중요한 실마리가 되는 것처럼, 우리의 인
생에서도 보잘 것 없는 작은 사건이 큰 깨달음을 주거나 더 좋은 방
향으로 인도하기도 한다. 그런데 옆을 돌아보지 않고 앞만 보고 바
쁘게 뛰어가기만 하면 이런 사소한 것들이 눈에 보일까?

　시간에 쫓기면서 살 때는 신속 정확한 지하철을 선호했다. 내가
원하는 시간에 맞춰 계획대로 이동할 수 있기에 너무 편리했다. 하
지만 목적과 과정이 너무도 단조로와서 오가는 과정에서 즐거움을
느끼기는 힘들다. 오랜만에 지하철이 아닌 버스를 탔다. 차가 막히
고 가다 서고 하면서 또 코스에 따라 돌아가므로 목적지까지 가는
데 제법 시간이 걸렸다. 하지만 차창 밖으로 보이는 풍경이 눈에 들
어와 스마트폰이 아닌 바깥 풍경을 보게 되었다.

　이어폰으로 좋아하는 노래를 들으며 창밖을 보는데 생각보다
나무가 많이 보였다. 삭막하게만 느껴졌던 건물 사이로 어우러진
나무들을 보니 내가 사는 동네도 생각보다 푸르다는 사실을 느끼게
되었다. 평소 바라보지 못했던 시각으로 집 주변를 보니 새롭다는
느낌이 들었다. 느긋해진 마음으로 버스 환승을 할 때 기사분이 하
신 "반갑습니다"라는 인사로 기분이 좋아졌다. 절로 "감사합니다"
라는 말이 입 밖으로 나왔다.

　항상 빠른 것만이 능사가 아니라는 것을 이제는 깨달아서 안다.

어떠한 결과를 이루었을 때 느껴지는 성취감이 짜릿하지만, 그것을 이루는 과정 안에서도 충분히 감사하고 소중한 것들이 많다. 천천히 둘러볼수록 새로운 것과 소중한 것을 더 많이 찾을 수 있다.

인터넷에 떠돌아다니는 인생 시계를 보았다. 평균수명인 80세를 눈 뜨는 아침부터 잠드는 밤까지 나누었을 때, 30대 초반은 겨우 정오를 조금 넘긴 시간이었다. 보통 하루 중에 정오면 한창 일을 열심히 하거나 일을 열심히 한 뒤 식사를 하며 휴식할 시간이다. 이 시간에 벌써 하루가 다갔다고 걱정하는 사람은 없다. 대부분 오후 일과를 어떻게 보낼 것인지 계획하기 마련이다. 요즘에는 수명이 늘어 100세 시대라고 하니 이제 겨우 30대 초반인 나는 정오도 오지 못한 것일 수도 있다. 그런데 이룬 것이 없다고 한숨 푹푹 쉬던 내 모습을 떠올리니 어리석었다는 생각이 들 수밖에.

조급함을 내려놓으니 주위를 보는 여유가 생겼다. 옳고 그름만 판단하며 빨리 정답만을 찾는 것이 아니라, 다름을 인정하고 다양성을 추구하며 돌아가니 조금 늦어도 많은 것을 느낄 수 있었다. 인생은 긴긴 마라톤이다. 출발선도 다르고 목적지도 다를 뿐더러 그나마 가는 방향도 달라 승자와 패자가 없는 마라톤이다. 당장 눈앞에 보이는 사람을 앞지르기 위해 온 힘을 다해 달렸는데, 그 사람이 옆으로 빠져 나가 다른 길로 가 버리면 당황스럽지 않을까. 내 길이 아님에도 그 사람을 이기기 위해 따라가야 할까? 무엇보다 초반에 힘을 너무 써 버리면 정작 내 목적지에는 도달조차 못할 수도 있다.

우리들 각자의 인생은 하나하나 너무 소중하고 귀하기 때문에, 그리고 그만큼 다르기 때문에 이기고 지는 데 의미를 부여할 수 없다. 이제는 자꾸 늦어지는 나를 탓하지 말자. 늦어진 만큼 더 주위를 보고 많은 것을 느끼면 되니까. 생각지도 못한 곳에서 소중한 것을 발견할 수 있고, 그만큼 더 행복해질 수 있음을 믿는다.

마음의 배터리가 깜박일 때

현대사회에서 스마트폰은 기호품이 아니다. 어느 순간 떼어낼 수 없는 신체 일부가 되어버렸다. 그래서 보조 배터리까지 들고 다니면서 배터리가 방전되지 않도록 늘 신경을 쓴다. 어느 날 실수로 스마트폰을 떨어트려 액정에 금이 간 적이 있다. 그 순간 주위 사람들까지 '헉'하며 어떡하냐고 걱정해줬다. 이처럼 많은 사람들이 눈에 보이는 것에는 크게 신경 쓰지만, 정작 제일 중요한 눈에 보이지 않는 마음의 상처에는 신경 쓰지 않는다.

상대방의 마음을 강타해 쩍쩍 갈라지게 하면서 '아프다' 하면 약한 네 탓이니 강해지라고 더 큰 상처를 낸다. 액정에는 작은 티끌만 붙어도 얼른 닦아내면서, 감정에는 커다란 이물질이 달라붙어 있어도 떼어낼 생각조차 하지 않는다. 이렇게 보이는 것에만 신경 쓰다

보면 정작 보이지 않는 보다 중요한 것들을 등한시하게 된다. 배터리가 부족한 휴대폰을 충전하면서 생각했다. 내 마음도 배터리가 다 닳아 깜박거리는 것을 모두 볼 수 있다면 얼마나 좋을까 하고 말이다.

하지만 내 마음의 배터리는 나 자신도 정확한 수치를 알 수 없다. 타인에게 보여주는 것은 더욱 어렵다. 그래서 스스로 계속해서 점검해줘야 한다. 가끔은 에너지가 고갈되어 너무도 힘든데, 타인의 눈에는 아무렇지 않게 보이기도 한다.

같은 일을 해도 사람들 각자의 마음 에너지 소모량은 현저히 다르다. 각자 좋아하고 또 싫어하는 것이 다르므로 원치 않는 일을 계속하면 배터리가 쉽게 고갈된다. 내가 정말 힘들어서 쉬어야 한다면 쉬는 것이 맞다. 뭐 그것 가지고 엄살이냐고 눈치를 줘도 묵묵히 마음을 충전하는 것도 필요하다. 때로는 타인의 눈치를 이겨내는 뻔뻔한 용기가 나를 위한 무기가 되기도 한다.

처음 아파트에 이사왔을 때 기분이 무척 좋았다. 하지만 퇴사 후 집에 있는 시간이 많아지면서 위층의 쿵쿵거리는 소리가 거슬리기 시작했다. 처음에는 '아이들이 시끄러울 수도 있지' 하고 참았는데, 날로 심해지는 소리에 위층에 올라가서 조금 조용히 해 달라고 말씀드렸다. 하지만 위층 아줌마의 반응은 내 속을 팍팍 긁었다.

"애가 시끄러울 수도 있지 이런 것도 못 참을 정도로 예민한 사람이면, 아파트에 살지 말고 이사 가세요. 그리고 왜 젊은 사람이 할 일 없이 집에만 있어요?"

내 집에서 조용히 쉬고 싶다는 것이 얼마나 무리한 요구이길래 이런 말까지 들어야 하는지 너무도 억울했다.

그 뒤로는 작은 소리에도 신경이 예민해졌다. 예전 같으면 이해하고 넘어갈 작은 소리도 들리면 화가 버럭 났다. 결국 인내력 테스트 같은 대화가 오가고, 극복했다고 믿었던 분노조절장애가 재발했다. 내 입에서 나오는 무시무시한 욕을 듣고 나 스스로 깜짝 놀랐다. 극도로 화가 나고 스트레스를 받으면 앓아눕는 일을 또다시 경험하게 된 것이다. 간혹 층간소음 분쟁으로 살인까지 난다는 뉴스를 접했을 때는 왜 그런 일이 생길까 의아했는데 직접 경험해 보니 알 것 같았다.

눈에 보이는 커다란 사건 뒤에는 눈에 보이지 않는 사소한 감정의 다툼이 있다. 같은 상황이더라도 그것을 더 크게 만들 수도 있고 더 작게 만들 수도 있는 것은, 이처럼 눈에 보이지 않는 말과 마음인 것 같다.

오랫동안 나의 큰 문제이자 약점은 분노조절을 잘 못하는 것이었다. 화가 나면 치밀어 오르는 감정을 주체할 수가 없다. 억지로 참으면 눈물을 펑펑 흘렸고, 참지 못하면 입을 열어 폭언을 했다. 이러나저러나 그 후에는 내 감정을 스스로 이겨내지 못하고 앓아누웠다. 이렇게 엉뚱한 곳에 에너지를 써 버리면 정작 중요한 곳에 쓸 에너지는 고갈되어 버리고 만다. 그래서 오랫동안 분노를 조절하기 위해 애를 썼다.

처음에는 내가 잘못한 것도 아닌데 왜 못된 사람들 때문에 내가 이렇게 힘들어야 할까 억울한 마음이 들었다. 하지만 이런 억울한 감정으로 분노하면 그 피해는 결국 나에게 고스란히 돌아온다. 나를 속상하게 하고 힘들게 하는 사람은 보란 듯이 잘 지내는 것 같은데, 아프면 결국 나만 손해다. 분노를 조절하기 위해 오랫동안 노력해 왔고 이제는 어느 정도 성공했다고 생각했는데 아니었나 보다. 결국 참았던 분노를 왕창 쏟아내고 몸져누운 내 모습을 보니 말이다.

끓어오르는 화를 참지 못하고 누워 있으면서도 이사갈 집을 알아보았다. 방 구하기에 몰두하는 나를 보며 남편은 얼마나 속상하냐고 안타까워하며 말했다. "그런 이상한 여자 때문에 당신이 상처받지 않았으면 좋겠다"고. 그 말을 듣자 화가 누그러들었다. 생각해 보니 화를 참으려고만 했지, 왜 화가 나는지, 그리고 어떻게 분노를 표출해야 할지는 생각하지 못했다. 무조건 억누르려고만 하니 내 감정이 견디지 못하고 삐져나와 버리는 것이다. 그래서 화가 나면 나는 대로 가만히 두기로 했다.

위층 아줌마가 무례하게 말을 해서 내가 기분 나쁜 것은 당연하다. 하지만 이 때문에 나 스스로 아프게 해서는 안 된다. 내 인격을 낮추거나 내 마음의 평화를 망가뜨리지 않기 위해 방법을 찾기로 했다. 이 글을 쓰고 있는데 위층에서 쿵쿵 소리가 들렸다. 이번에는 부부싸움하면서 물건을 던지는 것이다. 정말 가지가지 한다는 생각이 들었다. 그러면서도 한편으로는 소통이 안 되고 자신의 말만 옳다고 말하며 가장 가까운 사람끼리 상처 주는 모습을 보면서, 나는 저러지 말아야지 하는 생각도 든다.

한동안 열심히 돈을 모으고 대출까지 받아 소중한 보금자리를 마련했는데, 이상한 사람을 만나 너무 속상했다. 하지만 세상은 넓고 속상하게 하는 사람은 많으니 그런 사람들에게 마음의 배터리를 소진하지 않기로 다짐했다. 돈이 없다고 불쌍한 것이 아니다. 마음의 배터리가 다 닳아가는 것도 모르고, 피해의식에 젖어 있는 사람이 진짜 불쌍한 사람이다. 그러니 이 불우이웃을 불쌍히 여기는 마음을 가져야겠다. 이렇게 오늘도 마음의 배터리를 방전시키지 않기 위해, 또 에너지를 채우기 위해 고민하는 중이다.

하루는 인터넷으로 책을 사려고 결제창을 열었는데, 한 친구가 오랜만에 연락을 해 왔다. 책을 읽다가 갑자기 내가 생각나서 전화했다고 했다. 마침 친구가 읽고 있던 책이 그순간 내가 장바구니에 담은 책이었다. 어떻게 하면 돈을 잘 쓸까 하는 내용의 책이었는데, 그 친구가 돈 얘기를 들으니 내가 생각났다는 것이다. 신기하면서도 웃겼다. 내가 그렇게 짠순이에 돈독 오른 이미지였었나? 늘 뭔가를 하느라 바빠서 연락이 잘 안 되는 사람으로 찍혀 있기는 했지만. 그래서 요즘 뭐하냐는 질문에 특별히 하는 것 없이 책만 본다는 내 대답이 의외인 듯 친구가 갸웃거렸다. 생각해 보니 친구들에게 연락 오면 항상 무엇을 한다고만 말했지 특별히 하는 것 없이 쉰다고 한 적은 한 번도 없었던 것 같다. 늘 다사다난했던 내 삶에 별일 없이 순탄한 것도 주위 사람들에게는 낯선 모습인 모양이다.

한동안 '시간은 금이다'라는 말을 진리처럼 믿고 살았다. 틀린 말은 아니지만, 조금만 시간이 남아도 무언가를 자꾸 해야 한다는 강박관념에 온전히 쉴 틈을 만들지 않았다. 특히 마음 에너지가 고 갈된다는 사실을 인지하지 못했다. 그 에너지라는 것이 눈에 보이 지 않기에 끊임없이 나올 줄만 알았다. 그런데 마음의 배터리가 닳 으면 무기력감이 몰려온다. 신체적으로 아무 문제 없고 멀쩡한데, 그 어떤 것도 하고 싶은 마음이 생기지 않는 것이다. 몸을 움직이 지 않았다고 하더라도 마음을 많이 쓴 뒤에는 휴식이나 여가 등 자 신만의 방법으로 충전하는 것이 꼭 필요하다. 그리고 충전한 만큼 늦어져도 결국에는 충전된 에너지가 큰 원동력이 되어 멀리 오래갈 수 있도록 해 준다.

경제에 대해 잘 알지도 못하면서 무작정 돈을 벌겠다고 내 몸을 혹사했던 시기가 있었다. 그렇게 몸과 마음의 에너지를 모두 써 버 리니 오히려 병원비로 돈이 더 나갔다. 몸과 마음을 쉬게 하면서 경 제 관련 책을 읽고, 한국 현대사에 관한 책을 읽으면서 지금 사회를 이해하려 노력했다. 그러면서 현 상황을 분석하고 공부해서 미래에 대한 계획을 잘 세우는 것이 더욱 중요함을 깨달았다. 이렇게 몸과 마음을 충전하고 지식의 보조 배터리를 장전하면 보다 적은 힘을 들이고도 더 큰 성과를 얻을 수 있겠지.

휴대폰을 충전하는 시간이 아까워 충전하지 않음으로써 아예

폰을 못 쓰는 상황을 만드는 사람은 거의 없다. 지금이야 충전 방법이 대체로 통일되었지만, 몇 년 전만 해도 휴대폰 기종마다 충전기의 모양과 충전하는 방식, 충전시간이 제각각이었다. 그것과 마찬가지로 사람마다 마음의 배터리는 방전되는 시간, 충전방법, 충전에 걸리는 시간이 각각 다르다. 우리의 마음은 스마트폰보다 훨씬 소중하다. 그러니 스마트폰을 아끼는 것 이상으로 내 마음을 아끼고 보호해야 한다.

나는 매일 조금씩 어른이 된다

어른이란 무엇일까? 사전을 찾아보면 어른이란 '다 자란 사람 또는 다 자라서 자기 일에 책임을 질 수 있는 사람'이라고 나온다. 민법에서는 만 19세가 되면 일괄적으로 성년으로 본다. 이 정도 나이가 되었으면 자율적으로 법적인 행위를 할 수 있다고 본 것이다. 그리고 내가 한 행위에 책임을 지라는 것이다. 간혹 19세가 되지 않아도 결혼을 한 사람은 성년으로 간주하는데, 그것은 새로운 가정을 이루고 유지하는 데 책임감을 부여하는 것이라고 생각한다(다만 이는 민법에만 해당해서 청소년보호법, 공직선거법, 형사소송법 등과는 별개다).

이렇게 법에서는 일정 조건만 갖추면 다 성인으로서 행위 능력을 인정하지만, 실제로 사람마다 성장 속도가 각각 다르다. 많은 사람들은 자신의 나이를 앞세워 높임 받기를 원하고, 또 유교 사상이 짙게 배어있는 우리 사회에서는 으레 나이 많은 분을 존경해야 한다고 배웠다. 하지만 마음에서 우러나오는 존경을 받기 위해서는 그만큼 자신도 아랫사람에게 본을 보여야 한다. 과연 나는 나이에 맞는 행동을 하고 있을까?

"너 몇 살이야?!"

간혹 대화하다가 말문이 막히면 앞뒤 맥락 다 자르고 나이를 물어보는 사람이 있다. 지금 말하는 주제가 나이와 무슨 상관이 있는 건지 모르겠지만, 나이를 물어보고 자신이 나이가 많다고 파악하면 어린 것이 싸가지 없다고 꾸중을 한다. 결국 모든 대화의 결론은 '기승전연세'가 되어 버린다. 나이가 많으면 모든 것을 알게 되는 것일까? 나 역시 매일매일 나이를 먹고는 있지만, 아직도 모르는 것이 많다. 사람은 한정된 시간과 공간에서 생활하기 때문에 모든 것을 경험하거나 습득하지 못한다. 내가 경험하지 못한 타인의 지식은 과연 쓸모가 없는 것일까?

나는 어릴 때부터 책을 열심히 읽는 편이다. 책을 읽으면 몰랐던 내용과 학교에서 배울 수 없는 지식을 알 수 있었고, 무엇보다 공간적·시간적 제한으로 경험해 보지 못한 것을 경험해 볼 수 있어서 좋았던 것이다.

어느 날인가 누가 나에게 책을 읽는 이유가 뭐냐고 물어보았다. 자신은 책을 안 좋아해서 잘 안 읽지만, 자기 주위에 책을 열심히 읽는 사람이 있는데 그 사람은 책에 있는 내용으로 본인을 포장하고 잘난 척을 해서 그게 참 싫다고 했다. 실제로 책을 본인 위주로 읽는 사람이 있다. 그래서 자기 생각과 맞는 내용이 책에 있음을 보여주면서 자신의 주장만이 옳다고 계속 고집을 부리기도 한다.

어느 책에 이런 말이 나온다.

"올바른 독서는 자신의 견해와 학문을 넓히기 위함이지, 자신의 주장을 입증하기 위한 수단이 아니다."

타인의 삶에 무관심하고 자신이 경험한 내용만이 중요하다고 생각하는 사람은 나이가 들수록 더욱 자신의 생각에만 집중하게 된다. 그래서 오랜 시간 자신이 경험한 내용만이 옳은 것이라고 믿어버리는 것이다. 이런 사람에게는 자신의 경험만이 귀중하고, 자신의 생각만이 진실일 뿐이다. 주위 사람들을 피곤하게 만드는 것은 덤이고.

어느 날 마트에 갔는데 장난감 코너 한쪽에서 시끄러운 소리가 들렸다. 한 아이가 본인이 원하는 장난감을 사 달라고 울고불고 난리를 치고 있었다. 부모가 혼도 내고, 타일러도 보고, 갖은 방법을 쓰고 있었지만, 당최 아이는 부모 말을 들으려고 하지 않았다. 아이의 관심은 부모의 상황이나 타인의 시선은 전혀 아랑곳하지 않고 자신이 원하는 장난감에만 꽂혀 있기 때문이다.

이처럼 아이는 시야가 좁기 때문에 많은 것을 생각하지 못한다. 자라면서 공부를 하고, 많은 것을 경험하고 느끼면서 타인의 감정에 공감하고 또 남을 배려하는 마음도 기르게 된다.

예전에 은행 창구에서 일할 때는 정말 별별 사람들을 다 만났다. 나이 지긋한 어르신들은 작은 절차는 자꾸 무시하려 하시고, 아무리 이유를 들어 안 된다고 설명해도 막무가내인 경우가 많았다. 그런 분들을 만날 때마다 힘이 쭉쭉 빠졌다. 마트에서 장난감 사 주지 않는다고 투정 부리던 아이와 다를 바 없어 보였다. 몸만 크다고 다 같은 어른은 아니구나를 뼈저리게 느꼈다.

"낮추고자 하면 높아질 것이요, 높아지고자 하면 낮아질 것이다."

유명한 이순신 장군의 말씀을 약간 변형했다. 사람은 누구나 자신이 높임 받기를 원한다. 그래서 나이를 먹을수록, 직급이 높아질수록 자신을 높이기 위해 더욱 다른 사람을 낮추고자 한다. 하지만 높아진 만큼 자신의 언행에 책임을 지는 어른은 보지 어렵다. 특히 자신의 잘못을 인정하려 들지 않는 사람이 많은데, 본인의 잘못을 인정하고 사과하면 오히려 본인이 낮아지는 것이 아니라 높아진다는 사실을 잘 모르는 것 같다. 나이가 들어 존경과 높임을 받고 싶다면 그 나이에 맞는 언행이 뒤따라야 한다.

학업을 멈추고 사회생활을 시작한 뒤부터는 만나는 사람들마다 나이에 상관없이 존댓말을 해왔다. 한두 살의 나이 차이는 큰 의미가 없음을 깨달았고, 모두 다 소중한 인격체로 존중해야 한다는 생각이 들었기 때문이다. 회사 다닐 때 후배들에게도 꼬박꼬박 존댓말을 썼는데, 그렇게 한다고 해서 어느 누구도 나를 무시하거나 낮게 보지 않았다. 이런 내 모습에 한 후배가 진심으로 나를 존경한다고 말하기도 했다. 나를 낮추고 타인에게서 배우려는 태도를 견지할 때 나의 가치가 더불어 올라간다.

20대 때에 엄마와 참 많이도 싸웠다. 지금 생각해 보면 서로 자신의 말만 해서 그랬던 듯 싶다. 하지만 싸움 끝에는 늘 엄마가 먼저 내 맘을 이해해 주지 못해 미안하다고 사과하셨다. 엄마도 젊었을 때 철없이 한 행동으로 내게 상처를 줬다고 하시면서, 곰곰이 생각하니 당시의 엄마보다 지금의 내가 더 어른스럽다고 하셨다. 진심으로 잘못을 인정하시고 사과하는 모습에 더는 원망을 할 수 없었다. 오히려 다 컸다면서 왜 나를 애 취급하냐며 징징거린 내 모습이 성숙하지 못했음을 깨닫게 되었다.

진정한 어른이란 무조건 아랫사람에게 강요하는 것이 아니라 품어줄 수 있는 아량을 지녀야 한다. 인간으로서 더 성장하고 싶다면, 또 어른 대접을 받으려면 나를 낮추고 타인을 받아들일 용기가 필요하다.

신혼 초기 사소한 일로 굉장히 화가 난 적이 있었다. 기분이 풀리지 않은 채, 시어머님과 안부 전화하다가 지금 어떤 일 때문에 기분이 안 좋다고 하소연을 하게 되었다. 가만히 듣고 계시던 어머님께서는 본인도 젊었을 때는 작은 일에도 쉽게 화를 내셨는데, 나이가 들고 다양한 경험을 하니 이해의 폭이 넓어져 웬만해서는 화를 잘 내지 않는다고 하셨다. 특히 화를 표출하면 많은 에너지가 들어가는데, 나이 드니 화낼 힘도 없다고 하시며 내가 지금 이렇게 화가 나는 것도 젊다는 증거라고 하셨다. 실제로 시간이 지나니 왜 그때 화가 났는지 기억조차 나지 않는다. 그 일로 나이가 들고 어른이 된 다는 것은 이해의 폭이 넓어지는 것임을 알게 되었다.

미성년자일 때는 많은 것에 제약받았지만, 성년이 된 지금은 누구의 허락도 받지 않고 내가 원하는 행동을 마음껏 할 수 있다. 하지만 아직 실수도 잦고, 모르는 것이 많은 나를 돌이켜 보니 다 자란 어른이 되지는 못한 것 같다. 주위를 둘러봐도 완벽한 어른의 품을 갖춘 분들을 찾기가 쉽지 않다. 다들 조금씩 어른이 되어가고 있을 뿐이고, 더 성숙하고 덜 성숙함의 차이만 있는 것 같다. 이처럼 어른이 된다는 것은 오래 걸리고 언제나 진행형이다.

성급하게 먹은 음식은 체하듯이 성급한 지식과 경험은 오히려 내 시야를 좁게 하고 옹졸하게 만든다. 어른이 되는 것이 아니라 아이로 퇴화시키는 것이다. 그러니 조금은 마음을 여유롭게 가지고 천천히 어른이 되어도 좋을 것 같다.

내가 가지고 있는 경험과 지식이 정말 필요한 것이고 참된 것이라면 내가 억지로 알려 주려 하지 않아도 먼저 요청이 들어오겠지. 성급하게 엎드려 절 받으려 하기보다는 천천히 어른이 되자. 그래서 진심으로 후인들에게 따뜻한 조언을 해 줄 수 있는 존경받을 만한 어른이 되자. 내가 천천히 겪어 낸 오늘은 나를 더 큰 어른으로 성숙시킬 테니.

실패는 성공의 어머니래요

'실패는 성공의 어머니'라는 말은 누구나 다 아는 명언이다. 실패가 있어야 성공도 있을 수 있다는 말이다. 하지만 막상 실패했을 때, 앞으로 이 실패 덕에 성공할 수 있다고 긍정적으로 생각하는 사람이 얼마나 될까? 나부터도 한 번 실패를 경험한 후 앞으로도 계속 실패할 것이라고 생각해 낙담하고 다 포기하려고 했다. 많은 사람이 실패를 무서워한 나머지 도전 단계에서도 머뭇거린다. 각자 무한한 가능성을 가지고 있음에도, 몇 번 실패하면 역시 나는 안 되는 사람이라고 속단해 버리기 일쑤다. 이런 것으로 미루어 볼 때 실패가 있어야 성공하는 것이 아니라, 실패를 딛고 다시 도전하는 사람만이 성공을 이룬다로 말로 바꾸는 것이 좋을 듯하다.

우리 부부는 주위로부터 부러움을 산다. 우리가 사는 모습을 보면 다들 결혼하고 싶다고 한다. 그렇다. 나는 지금 자랑하는 중이다. 우리 부부의 모습을 보고 어떤 분이 "너희는 한 번도 싸우지 않았지?"하고 물어보셨다. 그분의 예상과 달리 내 대답은 "아니오"였다. 우리는 연애할 때부터 결혼 초기까지 정말 미친 듯이 싸웠다. 초창기에는 싸우느라 에너지를 너무 많이 빼앗겼다. 그러던 중 어느 순간 문득 이런 생각이 들었다. '나는 화목한 가정을 원했는데 왜 자꾸 싸우는 거지? 이렇게 살려고 결혼한 게 아닌데….'

그래서 언젠가부터 우리가 싸우는 이유와 패턴을 연구해 봤다. 그러자 어떤 상황에서 주로 싸우는지 알 수 있었고, 가급적 싸움에 이르지 않도록 조심하게 됐다. 화목한 가정을 꿈꾸며 상대방에게 많은 것을 바랐는데, 오히려 그것이 싸움의 원인이 되었다. 억지로 무엇인가를 하거나 요구하는 것을 멈추고, 싸움을 부추기는 말과 행동을 삼갔다. 그랬더니 어느 순간부터 싸우지 않게 되었다. 상대방이 싫어하는 것이 무엇인지 알고 그런 행동을 하지 않으니, 역설적으로 좋아하는 것이 무엇인지도 알게 되고, 서로 존중하는 말을 하게 되었다. 이제는 굳이 노력하지 않아도 상대방이 뻔히 싫어할 만한 행동은 서로에게 하지 않는다. 그래서 저절로 화목해지는 중이다.

실패도 이와 같다. 한때는 내가 자꾸 실패만 해서 스스로 너무 한심하고 답답했다. 이것도 안 되고 저것도 안 되고 …. 돌아보니 나는 실패를 탓하기만 했을 뿐 왜 실패했는지 연구하고 분석해본 적은 없었다. 어쩌면 마지막으로 실패하고 드디어 성공하기 직전에 포기해 버린 것은 아닐까.

실패에도 레벨이 있다면 나는 초고수일 것이다. 덕분에 이제는 어떻게 하면 실패할지가 눈에 보인다. 뛰다가 장애물에 걸려도 보고 구멍에 빠져도 보고 잘못된 길로 갔다가 돌아오기도 하고. 그래서 뒤에 따라오는 사람에게 어떻게 해야 성공할지는 말 못해도 어떻게 하면 실패할지는 자신 있게 말할 수 있다. 지금 생각해 보니 그래서 사람들이 내 말에 귀 기울이고 위로를 받나 보다. 누군가는 앞에서 이리로 가야 한다고 끌어 주어야 하지만 또 누군가는 옆에서 조심해야 한다고 고래고래 소리를 질러 주어야 하지 않을까.

오랜만에 회사에서 나와 공무원 준비하는 후배 O를 만났다. 이런 저런 얘기를 하다가 O의 쌍둥이 언니 얘기가 나왔다. 수능도 망치고 취업도 어렵게 했는데, 그마저도 이제는 그만두고 공무원시험 준비를 했지만 한 번 떨어지고 다시 도전하고 있는 자신과 달리, 언니는 서울에 있는 좋은 대학을 한 번에 합격하고 남들이 어렵다고 하는 고시도 한 번에 붙었다고 한다. 자꾸 실패하는 자신과 달리 언니는 실패해 본 적이 없다는 것이다.

그 말을 듣고 O에게 인간은 완벽하지 않기 때문에 언젠가는 반드시 실패한다고 말해 주었다. 문제는 언젠간 겪을 실패를 한 살이라도 젊었을 때 하면 쉽게 일어나고 극복하지만, 많은 것을 이룬 다음에 하면 그만큼 더 충격도 크고 일어나기 힘들다고 말이다. 그러니 조금 늦게 이룬다고 해서, 자꾸 실패한다고 해서 꼭 나쁜 것만은 아니라고. 특히나 O가 얼마나 똑똑한지 알기에 만약 공무원 준비를 하다가 안 돼도 그 공부했던 습관으로 무언가는 꼭 이룰 것이라고 믿어 의심치 않는다고 했다.

다행히 O는 내 말을 이해했고 그 말에 힘을 얻었다. 마침 자신의 아버지도 자신보다는 한 번도 실패한 적 없이 승승장구하는 언니를 더 걱정한다고 했다. 좋은 부모님께 인정받으며 자신의 꿈을 찾아가는 O가 진심으로 잘될 것이라고 말해 주었다. 나중에 O가 합격 소식을 전했다. 진심으로 기뻤고, 축하해주었다. 축하해줘서 고맙다고 한 턱 냈다. 누군가 잘 돼서 사주는 밥은 언제나 그렇듯 정말로 맛있다.

담담하게 자신의 실패를 받아들였던 O와 달리, 대부분은 자신의 실패를 인정하지 못하고 남들보다 늦어지는 것에 초조해하고 불안해 한다. 나 또한 그랬고, 그 과정에서 많이 아파하고 힘들었다. 실패는 성공의 어머니라는 말을 머리로 이해하는 것이 아니라 마음으로 진작 깨달았다면 덜 아팠을 것이다. 지금이라도 중요한 것을 깨달았으니 다행이라고 생각한다.

"왜 남들은 쉽게 가지는 것을 저만 힘들게 얻는지 모르겠어요."

대학원에 힘들게 합격하고도 등록금 문제로 못 갈 뻔했을 때, 친한 언니에게 하소연했다. 힘들어하고 좌절하는 내게 언니는 많은 사람이 자신이 가진 것을 귀하게 여기지 못하고 스스로 불행하다고 여긴다 했다. 하지만 나는 힘들게 얻은 만큼 귀하고 소중히 여기기 때문에 더 잘 활용할 것이라고 했다. 무엇을 가지고 있는 것이 중요한 것이 아니라, 그것을 얼마나 가치 있게 여겼는지에 따라 삶의 질이 달라진다고 말이다. 그래서 내 삶은 누구보다 귀하다고 했다. 당시에는 위로해 주는 것이 고마웠고 그런 언니를 알게 된 것이 고마웠지만, 언니의 말이 와닿은 것은 아니었다.

시간이 지나고 퇴사 문제로 한참 고민하던 중 소중한 아이를 임신하게 되었다. 남들은 쉽게 아이를 가지는데 나에게는 그것조차 어렵다고 생각하며 좌절할 찰나에 생긴 아이라 너무 귀했다. 하지만 결국 그렇게 가진 아이도 얼마 머무르지 않고 내 곁을 떠났다. 말할 수 없는 상실감이 몰려왔고 너무도 우울했다. 가만히 앉아 있어도 눈물 나는 날이 많았다. 지나가는 아이를 보고 눈물 흘리기도 했다. 하지만 항상 슬픔과 함께 인생의 전환점이 찾아온다. 유산한 뒤에 천천히 내 삶을 다시 돌아보게 되었다. 무엇을 위해 열심히 사는지 회의감이 들었다. 그래서 계속 망설이던 퇴사를 감행했다.

지금 생각해 보면 그때 아이를 낳았다면 좋은 엄마가 되지 못했을 것이라는 생각이 든다. 그래서 똑똑한 우리 아이가 내가 엄마로서 자질을 갖추고 자신을 진심으로 사랑할 수 있을 때 다시 찾아올 것이라는 생각을 하게 되었다. 얼마 전에도 어떤 사람이 쉽게 뱉은 말에 상처를 받았다. 그때 남편은 우리는 조금 늦게 아이를 얻어도 그만큼 잘 키울 것이며, 빨리 낳는 것이 중요한 것이 아니라 잘 키우는 것이 중요하지 않겠냐고 위로해줬다.

정말이지 인생은 내 맘대로 되는 것이 없다. 너무 제멋대로라서 화가 난다. 하지만 그렇기 때문에 감사하게 되는 경우도 많다. 내가 간절히 원했던 첫사랑이 이루어졌다면 지금의 남편을 만날 수 있었을까? 수능 점수가 잘 나와 서울에 있는 대학에 들어갔다면 지금 곁에 있는 소중한 사람들을 만날 수 있었을까? 실패 없이 승승장구했다면 다른 사람들의 이야기에 공감하고 위로할 수 있는 사람이될 수 있었을까? 지금처럼 내 삶 그 자체를 아끼고 사랑할 수 있었을까?

내가 즐겨 사용하는 '포스트잇'이라는 제품도 처음에는 실패작 취급을 당했다고 한다. 이런 것을 누가 쓰냐고 했지만, 지금은 많은 사람들에게 필수품이 되었다. 어느 순간 실패라 여겼던 것들이 어쩌면 실패가 아니라 내 삶에 큰 도움이 되었다는 생각이 들었다. 이처럼 성공과 실패를 정의하는 것도 결국 내 몫이다.

수없이 실패를 해 보았기에 어떻게 하면 최대한 실패를 피할 수 있는지 안다. 헤아릴 수 없이 아프고, 많이 울었기에 어떻게 해야 웃을 수 있는지 안다. 그러니 지금 실패해서 남들보다 늦어지고 있다고 너무 슬퍼하지는 말자. 아프고 힘들면 펑펑 울어 버리고, 지금 실패한 덕분에 실패할 확률이 훨씬 줄었다고 생각하자. 오늘까지 실패했다고 내일도 실패하는 것은 아니니까.

이 세상에 단 하나뿐인 It's you

'안면인식장애' 즉 '안면실인증'은 얼굴을 인식하지 못하는 증상, 또는 장애이다. 나는 심각하지 않지만 미세하게 이런 증상을 가지고 있다. 한 번 본 사람은 절대로 얼굴을 기억하지 못하고 여러 번 계속 봐야 겨우 기억하는데, 이마저도 한동안 보지 않으면 얼굴을 이내 잊어버린다. 가끔 지인 결혼식에 가서 오랜만에 사람들을 만나면 나를 아는 체하는 사람들을 몰라 봐서 상대방에게 상처를 준 적도 있다.

언제부터 이랬는지 정확히 기억나지 않지만, 곰곰이 생각해 보면 어릴 때 친한 친구의 쌍둥이 동생은 잘 구별했다. 주위 사람들은 쌍둥이의 얼굴을 헷갈려 했지만, 나는 비슷해 보이는 얼굴에서도 특징을 파악하고 바로 구별해냈다. 하지만 지금은 그 친구의 얼굴도, 그 동생들의 얼굴도 하나도 기억나지 않는다. 엄마를 그리워했으면서도, 막상 만났을 때는 엄마의 얼굴이 낯설었다. 이제는 사랑하는 할머니의 얼굴조차 기억나지 않아 속상하다.

범죄 드라마에서 용의자를 찾을 때 보통 목격자 진술을 토대로 몽타주를 그리는데 그 장면이 참으로 신기하다. 나는 사진을 보고 따라 그리는 것은 되지만, 내 얼굴이나 배우자의 얼굴조차도 생각해 내서 그리지 못한다.

회사에 다닐 때 나의 이러한 모습은 계속 마이너스 요소로 작용했다. 은행 창구에서 일했는데, 상사들은 내가 먼저 고객들을 알아봐 주고 다가가길 원하셨다. 같이 일하는 직원 대부분이 고객들을 기억하고 챙겼는데, 나는 오히려 먼저 인사하는 고객도 알아보지 못했던 것이다. 내가 사람의 얼굴을 잘 기억하지 못한다고 하자 사람들은 그런 나를 잘 이해하지 못했다. 관심이 없어서 그런 것이니 관심을 가지고 잘 지켜보라고, 얼굴 기억하는 것이 대수냐는 반응만 돌아왔다. 한두 번 보고 얼굴 기억하는 것이 얼마나 힘든 일인지 얼마나 노력이 필요한 일인지 겪어보지 않으니 이해하지 못하는 것이다.

그래서 나름대로 생각해 낸 대안이 사람들을 볼 때 얼굴을 기억하지 못하니까 그 사람의 말투나 걸음걸이·옷차림 등을 유심히 보고 기억에 담기 시작했다. 특히 나에게 어떤 말을 했는지 기억하려 애썼다. 한때는 이런 증상 때문에 많이 힘들어 했다. 안 그래도 할 일도 많고 스트레스 많이 받는 직장 생활인데, 안면인식장애까지 있으니 날마다 새로운 일거리와 스트레스가 계속해서 나를 덮쳐 왔다. 도대체 어쩌다가 이렇게 됐을까?

나는 특별히 머리에 사고를 당한 적도 없고, 그 증상이 일상생활에 지장을 줄 정도로 심한 것은 아니다. 어렴풋하게나마 기억하니까 자주 보는 사람을 알아보기는 한다. 다만 엉뚱한 사람에게 인사해서 서로 어색하거나, 반대로 인사하는 상대방을 알아보지 못하는 등 가끔 오해와 불편을 초래할 뿐이다. 검색을 해 보니, 멀쩡했던 사람도 뇌의 특정 부분 손상으로 그런 증상이 생길 수 있다고 한다. 또 어떤 일로 큰 충격을 받으면 몸에 이상이 나타나기도 한다고 들은 적이 있다. 특히 어릴 때의 기억은 무의식에 계속 남아 성인이 되어서도 영향을 미친다고 한다. 아마 이제는 괜찮다고 생각했던 어릴 적 충격들이 아직도 내 안에 남아 있는 것 같다.

눈물이 많았던 나는 부모님의 이혼을 비롯한 여러 사정으로 집안이 혼란스러웠을 때는 오히려 울지 않았다. 친척 어른 한 분이 어린애가 부모님을 찾지도 않고 울지도 않으니 참으로 독하다고 했다. 하지만 겪어본 사람은 안다. 너무 힘들면 눈물조차 나지 않는다는 것을…. 당시에 집안이 혼란스럽고 어른들 간의 분쟁으로 나와 동생만 집에 있었다. 얼마나 그렇게 있었는지는 정확히 기억나지 않지만, 동생과 단둘이 집에 있는 날들이 너무 공포스러웠다. 영원히 아무도 우리를 찾으러 오지 않을 것만 같았다. 그래서 할머니께서 오셔서 같이 가자고 하셨을 때 두말 없이 따라갔다. 울면서 가기 싫다는 동생을 억지로 끌고 갔다.

　얼마 뒤 엄마가 할머니 집으로 우리를 데리러 오셨다. 하지만 당시 너무 화가 났던 나는 엄마도 아빠도 보기 싫다고 그냥 가라고 막 화를 냈다. 그냥 투정 한 번 부린 것이었는데, 그 뒤로 꽤 오랫동안 엄마를 볼 수 없었다. 그리고 운동선수가 꿈이었던 동생은 시골로 이사 온 뒤 꿈을 놓아버리고 방황을 시작했다. 동생에게 억지로 할머니 따라가자고 부추긴 것이 너무 미안했다. 내가 투정 부리는 바람에 엄마도 못 보고, 동생도 꿈을 잃은 것 같아 두고두고 후회했다. 하지만 성인이 되고 사정을 아는 지인이 어린이에 불과했던 내가 잘못한 것은 하나도 없다고, 모두 어른들의 잘못이니까 그 어떤 죄책감도 받지 말라고 한 말에 울컥했다.

　그렇다. 나는 어릴 적 상처를 오랫동안 끌어안고 있었던 것이다. 어릴 적 나를 불쌍히 바라보던 어른들의 난감한 표정, 나를 화나게 하는 사람들의 표정 등 그런 것들을 잊고 싶은 열망이 너무 강해지자 극단적으로 아예 얼굴을 기억 못하는 쪽으로 굳어진 게 아닌가 조심스럽게 생각해 본다. 왜냐하면 나는 사진으로는 얼굴을 잘 기억하는데, 움직이는 사람의 표정과 당시 얼굴은 기억 못하니 말이다.

　한동안은 그 증상이 사는 데 불편을 주므로 참 싫었다. 하지만 이젠 이런 내 증상을 탓하기보다 도리어 사람의 외모가 아닌 마음을 볼 수 있게 해 주는 도구로 생각하기로 했다. 실제로 얼굴을 잘 기억 못하니 그 사람의 말과 행동에 더 주의를 기울이게 된다. 소소한 말을 기억해 주는 것을 좋아하는 사람도 많았다.

퇴사 후 이직하려고 국비로 직업전문학교에 다녔다. 거기에서 다양한 사람을 만나 친해졌다. 처음 수업에 갔을 때 이상하게 옆자리에 앉은 한 학생에게 자꾸 눈이 갔다. 걸음걸이가 나와 좀 다른 것이다. 딱 봐도 어려 보였는데, 무릎 아픈 할머니처럼 걸어 다녀서 무슨 사연이 있나 눈길이 갔다.

후에 그 학생이 결석한 날 선생님께 사연을 들었는데 택시를 타고 가다가 사고가 크게 났다고 했다. 운전하셨던 기사분은 안타깝게 돌아가시고, 그 학생은 다리 수술을 크게 해서 재활치료 중이라고 했다. 그 말을 들으니 그 어색한 걸음걸이가 이해됐다. 그리고 그렇게 재활치료를 하면서도 열심히 공부하는 모습이 대단했다. 무엇보다 살아서 너무 감사하다는 생각이 들었다. 처음 만난 사이고 말 한 번 제대로 못했지만 이렇게 내 옆자리에 앉아서 공부하는 것이 진심으로 너무 감사했다. 당시에는 왜 그런 마음이 들었는지 모르지만, 결과적으로 그 학생과 둘도 없는 친한 사이가 되어서로 격려하고 좋은 말을 주고받는다. 그 학생과 대화하면 자존감이 올라가고 행복하다. 그래서 얼마 전에는 살아 줘서 너무 고맙고 나랑 친하게 지내 줘서 너무 고맙다고 내 마음을 전했다.

얼마 전 사람들에게 예쁜 사람을 좋아한다고 말했더니 외모지

상주의자라는 말을 들었다. 하지만 사람들은 내게 안면인식장애 증상이 있다는 것을 잘 모른다. 내가 얼굴이 예쁘다고 하는 것은 표정이나 말투로 풍기는 그 사람의 이미지가 예쁘다는 말이다. 어차피 나는 그 사람이 풍기는 인상으로 기억하기 때문에 자동으로 감이란 것이 발달했다.

처음 국비 수업을 들었을 때 다들 모르는 사람이라 어색해서 혼자 밥을 먹었다. 그래서 사람들과 친해져야겠다는 생각이 들어 한 사람에게 다가갔다. 당당하고 할 말 하는 똑 부러지는 사람이었는데, 이상하게 거부감이 들지 않았다. 조용히 다가가서 함께 밥을 먹자고 한 뒤로 늘 같이 밥을 먹었고, 많은 대화를 해 보니 마음이 참 따뜻한 사람이었다. 특히 나와 비슷한 상처를 지녀서 더 정이 갔다. 겉으로 보기에는 전혀 상처가 없을 것 같았는데, 나와 비슷한 사람이라는 느낌이 있어서 먼저 다가갔던 것 같다. 이렇게 얼굴을 잘 기억 못하는 것이 의외로 도움이 될 때도 많다.

사람은 살면서 많은 상처를 받고, 많은 것을 경험한다. 때로는 내가 원치 않는 상황들이 나를 궁지로 몰아넣기도 한다. 어릴 때 동생과 집에 남겨졌던 그 기억 덕에 사람들에게 버림받을까 봐 전전긍긍하는 성격을 가지게 됐다. 자꾸 눈치 보고 남 신경 쓰는 내 모습이 싫었지만, 이제는 이것을 좋게 타인을 존중하는 마음으로 발전시키고 있다. 내 곁에 있는 사람들을 당연하게 생각하지 않고 감사하고 소중히 여기는 마음도 가지게 되었다.

동생에 대한 죄책감을 동생에 대한 배려로 발전시켜 그 누구보다 두터운 남매 사이를 만들었다. 또한 얼굴을 잘 기억 못하는 것을 얼굴이 아닌 마음을 보는 것으로 발전시키고 있다. 사람 얼굴을 잘 기억해야 하는 직장을 그만두고 얼굴은 기억 못해도 그 사람의 말을 경청하는 것이 더 중요한 직업을 갖고자 한다. 얼굴을 잘 인식 못하니 많은 사람 앞에 서는 것도 자유로워 무대 공포증이 없었는데, 이것을 잘 발전시켜 많은 사람에게 좋은 강의를 할 수 있는 사람이 될 수 있었으면 좋겠다.

나뿐만 아니라 많은 사람이 자신만의 어려움과 아픔을 안고 산다. 피할 수 없었던 사건들로 내가 큰 영향을 받았다면, 그 사건을 즐기지는 못해도 영향을 좋은 쪽으로 발전시키면 좋겠다.

그 누구도 같은 모습으로 같은 삶을 살 수 없기에 다양한 경험으로 빚어진 사람은 오로지 한 사람뿐이다. 자신이 가지고 있는 경험과 아픔 모두 좋게 빚어 더욱 크게 만들자. 그 많은 경험을 통해 빚어진 결과는 세상에 단 하나뿐인 특별한 보석 같은 존재일테니까.

인생도 과외받고 싶어요

중학생 때 비교적 수학을 잘하는 쪽이었다. 수학 경시대회에 나갈 만큼 우수하진 못했지만, 교과서와 문제집 몇 권을 사서 풀면서 개념을 익히면 다른 문제들도 응용해서 풀 수 있었고, 문제가 술술 풀리면 재미도 있었다. 고등학교 입학시험도 무난히 통과했고, 첫 반 편성 시험에서도 점수가 잘 나와 우등반에 배치되었다.

하지만 고등학교 첫 수업시간에 멘탈이 붕괴되는 경험을 했다. 반 친구들 대부분이 고등학교 입학 전에 학원에 다니면서 선행학습을 하고 온 것이다. 그래서 간단한 기본 설명이나 문제는 선생님도 "알지?" 하시면서 넘어가셨다. 각오를 새롭게 하고 배우고자 하는 열정으로 고등학교에 온 나는 너무 당황했다. 너무 쉬운 것은 시간 아까워서 넘어간다는 분위기에서 그 쉬워 보이는 것을 처음 본 나는 물어

볼 수조차 없었다. 그때부터 그토록 재미있던 수학 시간이 공포의 시간이 되어 버렸다. 그래도 설명해 달라고 하면 되었을 것을, 자존심 내세우느라 남들 다 아는 것을 물어보는 것이 창피해 입을 다물었다.

이해할 수 없는 수업이 반복될수록 혹시나 선생님께서 나에게 풀어 보라고 하실까 너무 무서웠다. 못 풀어서 비웃음당하는 것이 끔찍이도 싫었기 때문이다. 몇 달 동안 야간자율학습 시간에 수학 문제집과 씨름했다. 중학교 수학과 고등학교 수학은 차원이 달랐다. 특히 제대로 설명을 듣지 못하고 혼자 문제집을 붙잡고 이해가 될 때까지 보고 또 보니 남들보다 시간이 배로 걸리고 늦어졌다. 오기로 수학 문제집을 붙잡고 늘어져서 간신히 진도를 따라잡으니 어느 순간 수업시간에 선생님 말씀이 귀에 들어왔고 얼마 뒤부터 수학 성적은 상위권으로 올라갔다.

그런데 문제는 영어였다. 특히 영어 문법과 독해는 어떻게든 하겠는데, 영어 듣기는 최악이었다. 결국 영어 듣기 평가를 반에서 꼴찌 했고 평균 성적이 늘 낮았던 친구가 자신이 나보다 시험을 더 잘 봤다면서 좋아하는 모습에 자존심이 상했다. 친구들도 한국에서 나고 자랐는데 어쩜 외국인의 말을 잘 알아듣는지 신기하기만 했다. 영어 성적은 내 발목을 잡고 늘어져 최악의 수능 점수를 안겨 주었고, 서울의 원하던 대학에 지원하지 못하고 지방에 있는 대학교에 수석으로 입학하는 것으로 만족할 수밖에 없었다.

영어과목 때문에 고민이 많았을 때 남들처럼 잘하는 사람에게 따로 배워 보고 싶은 마음에 떼를 써보기도 했지만 본전도 못찾고 기분만 더 나빠졌다. 그래서 오기로 혼자 해내겠다고 고집을 부린 결과, 처참한 수능 점수를 받고 결국 나는 안 되는 사람이라는 자책 감만 생겨 버렸다. 대학에 간 후 돈이 생기자마자 바로 영어학원에 등록해서 열심히 공부했다. 그렇게 영어에 대한 한을 풀기는 했지 만, 아직도 많이 부족하다. 영어를 자유자재로 하는 남편을 보면 늘 존경스럽기만 하다.

과학을 좋아해서 이과에 갔지만, 수학 때문에 애를 먹고 있는 동생을 위해 재수학원에 등록해 주었다. 단기간에 학원에서 요령을 터득한 동생은 고맙게도 성적이 빠르게 좋아졌지만, 부족한 기본기 가 완벽하게 잡힌 것은 아니었다. 내가 혼자 공부해서 수학 기본기 를 다졌다는 것을 아는 동생은 내게 대단하다며 칭찬해 주었다. 그 말을 듣고 나니 혼자 눈물 삭히며 공부한 것이 뿌듯했다.

빠르게 성적을 올려 서울에 있는 대학에 들어간 동생은, 자신은 기본기가 부족해서 과외는 할 수 없다고 했다. 하지만 혼자 기본기 부터 차근차근 공부한 나는 초등학생·중학생들 상대로 과외를 할 수 있었다. 쉽게 가르쳐 준다는 말도 많이 들었다. 내가 머리가 좋 지 않으니 어렵게 말할 수도 없었다. 이처럼 쉽게 가르쳐 주는 능력 으로 교육 봉사활동도 할 수 있었고, 많은 것을 배우고 깨달았으니 전화위복라고 해야 되나.

한때는 혼자 공부해서 자꾸 늦어지고 뒤처지는 것이 억울했다.

바뀔 수 없는 환경을 탓하며 남들을 부러워하기도 했다. 하지만 결국 제일 중요한 내 인생은 그 누구도 과외해 줄 수 없다는 것을 느꼈다. 많은 사람들과 이야기를 나누며, 그들이 의외로 자신이 무엇을 원하고 바라는지 잘 모른다는 생각을 하게 되었다. 늦어지고 힘들어도 결국 나만의 길을 알게 되었으니 감사할 일이다.

세상 공부를 하기로 마음먹고, 유명하신 분들의 강의를 많이 찾아보았다. 인상 깊었던 강의에서 요즘 사람들은 똑똑하지만 의외로 실질 독해력이 낮다는 말을 들었다. 실질 독해력이란 글을 읽고 그 글의 의미를 파악하고 정보를 습득할 수 있는 능력인데, 글을 읽을 줄 알아도 그 글에서 정보를 얻지 못하는 사람이 꽤 많다는 것이다. 그말에 공감하는게, 사실 사회에 나와서 그런 사람들을 제법 많이 봐왔기 때문이다. 심지어 정책이 바뀌거나 업무가 바뀌어서 공문이 내려오면 그 글을 잘 읽고 분석해서 자신에게 알기 쉽게 설명해 달라는 상사도 있었다.

도대체 왜 글에 다 적혀 있는데 이해하지 못할까? 어쩌면 실질 독해력을 키울 시간이 부족하게 바쁘게만 살아와서 그런 것은 아닐까 하는 생각이 든다. 책을 읽고 곰곰이 생각하면서 내 것으로 만들 시간이 없었기 때문이다. 그런 것을 보면 다른 방법이 없어 혼자 교과서를 여러 번 반복해서 읽으며 이해해야 했던 나는 축복받은 사람인 것 같다. 공부는 고등학교나 대학교까지만 하는 것이라고 생각했지만, 많은 책을 읽으며 공부를 지속하고 있는 지금 실질 독해력은 내게 많은 도움이 되고 있다.

학창 시절 나를 따라다니던 별명은 조류뿐만이 아니었다. 엉뚱한 생각을 많이 했기에 친구들은 '사차원'이라고 많이 불렀다. 같은 것을 보고 경험해도 나의 생각은 친구들과 많이 달랐다. 그리고 어려서부터 시 쓰는 것을 좋아했다. 초등학교 1학년 때 바람과 나무가 대화를 나누는 것으로 의인화해서 쓴 시는 고학년 언니 오빠들의 작품을 제치고 참고서 제일 앞 페이지에 실리기도 했다. 이렇게 엉뚱한 상상으로 시를 많이 썼는데, 이런 상상은 학년이 올라갈수록 방해가 되었다.

특히 문학 공부를 할 때 나는 타인의 시를 보면 전혀 다르게 파악했다. 늘 정답과 다르게 생각하고 말했기에 문학 점수는 낮았다. 어른이 돼서도 다수의 의견과 다른 적이 많았는데, 다들 내 의견은 '틀리다'라고 하는 것이다. 왜 늘 내 생각은 틀린 것일까? 다수의 생각이 꼭 정답일까? 누가 내 인생과 생각에 대해 과외해 줬으면 좋겠다는 생각도 했다.

많은 친구들이 부모님, 또는 가까운 어른께 인생을 과외받으며 사는 것을 보아 왔다. 부모님의 금전적인 지원 하에 공부하거나 일하는 사람들은 세상 사람들의 부러움을 한 몸에 받으며 초고속으로 성장한다. 세상이 말하는 성공에 쉽게 다가가는 것이다. 나도 그런 사람들이 너무 부러웠고 지금도 가끔은 부럽다. 하지만 사회적으로 인기와 명예, 돈을 거머쥔 사람들조차 스스로 목숨을 끊었다는 소식을 접하면서 사회적으로 성공하는 것이 꼭 행복해지는 것은 아니라는 생각이 들었다.

많은 사람이 빨리, 쉽게 살려고 하지만 그런 방법은 존재하지 않는다. 그 누구도 내 삶을 똑같이 살 수 없기에 과외를 해 줄 수도 없다. 결국 내가 스스로 익히고 터득해야 한다. 느려도 제대로 사는 것이 가장 중요하다.

빠른 것을 미덕으로 여기는 우리나라에서, 급한 성격을 가지고 태어난 한국인으로서, 느리게만 가는 내 행보가 답답하고 패배자로 느껴질 때도 있었다. 하지만 돌아보면 조급함에 성급하게 내렸던 결정들이 나에게 큰 후회를 안겨 주었다. 가끔은 느려야지만 보이는 것들도 있고 실패해 봐야 알게 되는 것도 있다.

인생은 다들 처음 살아보는 것이기에 모든 사람은 인생의 아마추어이다. 그 누구도 자신의 인생에서 고수는 없다. 술술 풀리며 살아가는 듯 보이는 사람도 자신만의 고민과 아픔이 있다. 이런 나를 포함해서 방황하는 모든 사람들이여! 오늘도 화이팅!

Chapter 4,

한 번쯤은 주인공처럼

♬

"사는 게 힘들어도 사랑에 넘어져도

언젠간 내게도 좋은 날이 올 거야.

지금이 시작이야. 인생의 주인공은 나야.

Don't forget who you are.

괜찮아 걱정 마 누구나 힘든 거잖아.

하룻밤 자고 나면 금방 괜찮아질 거야.

포기란 말 난 잘 몰라. I'm fine.

꿋꿋하게 언제나 씩씩하게 참고 견뎌 낼 거야."

– 별의 'Fly Again' 노랫말 중에서 –

가장 좋은 인생을 나에게 주고 싶다

대기만성(大器晚成)

크게 될 사람은 늦게 이루어진다는 말이다. 이 말을 학창 시절 노트에 적어놓고 힘들 때마다 보았다. 가끔 너무 힘든 날에는 '도대체 내가 얼마나 큰 사람이길래 이렇게 아프고 힘들까.' 혼자 위로하기도 했다. 처음 지방대에 오게 됐을 때 자포자기 심정으로 1년간 열심히 놀았지만, 그래서는 안 될 것 같아 정신을 가다듬고 이 말을 노트에 크게 적고 다시 열심히 공부하기 시작했다.

"나도 할 수 있을까?"

어느 날 열심히 공부하는 나에게 과 친구 I가 와서 물었다. 왜 이렇게 열심히 공부하느냐고 말이다. 그래서 나는 내가 지금 처한 환경이 좋지 않아서 공부라도 열심히 해 환경을 극복해 보려 한다

했다. 그러자 I가 본인도 가정 형편이 안 좋아서 어릴 때부터 방황을 많이 했다고 했다. 당연히 공부하지 않아 수능을 못 봐서 지방대에 왔고, 여기서도 열심히 하지 않아 학점이 2점대라고 했다. 이야기를 나누어 보니 나처럼 가정에서 상처가 많은 친구였다. 서로 비슷한 환경이라 이야기할수록 더욱 가까워졌다. 열심히 공부해 본적이 없어 자신 없다는 I에게 말했다.

"이렇게 태어난 것도 억울한데, 앞으로도 힘들 순 없잖아!"

우리가 비록 부모님을 선택하지 못해 10대 때 또래들보다 많은 상처를 받았고 힘들었지만, 노력해서 부모님과는 다른 삶을 살아보자고 설득했다. 다행히 친구는 내 말에 공감해 주었고, 함께 열심히 도서관에 다니면서 공부했다. 공부하다 힘들면 서로 위로하며 응원해 주었고, 지금보다 나은 삶을 살 수 있을 거라고 함께 희망을 나누었다. 그 덕에 나는 과 최초로 1년 조기 졸업을 해서 서울에 있는 대학원에 진학하였고, 그 친구는 2점대 학점을 4점대로 올려 장학금도 받고 한 학기 조기 졸업해서 학비도 아꼈다. 그리고 그 기세를 몰아 공무원 시험 준비에 착수했다.

내 인생에는 역마살이 끼어 있다. 항상 이사를 많이 다니고 적응할 만하면 환경이 바뀌어 새로운 사람들을 많이 만나게 된다. 덕분에 길지 않은 인생을 살았지만 참으로 다양한 사람들을 만났다. 정말 부유한 사람들도 보았고, 나와 비슷한 상황인 사람들도 보았고, 많이 힘들어 하는 사람들도 만났다. 철없던 시절에는 사람의 환경과 외모로 많은 것을 판단하였다. 하지만 시간이 지나고 보니 각자가 자신의 삶을 얼마나 아끼고 사랑했는지에 따라 점점 삶의 가치가 달라진다는 사실을 깨닫게 되었다.

중학생 때 나하고 가정환경과 성적이 비슷한 친구 J가 있었다. 지금 생각해 보면 얼굴이 하얗고 순하게 생겼던 것 같은데 말과 행동은 참 무서웠다. 자신의 아버지를 아빠라 부르지 않고 XX(동물의 어린 것)라고 불렀고, 쉬는 시간에 친구들이랑 수다 떨고 있으면 옆에서 인상 쓰며 귀마개를 끼고 공부했다. 시험을 보면 J와 나는 몇 문제 차이로 등수가 바뀌곤 했다. 그래서 항상 시험이 끝나 집에 가려고 가방을 챙기는 내게 조용히 다가와 채점을 해 주겠다고 했다. 내 시험지를 가채점하는 J가 점점 표정이 밝아지면 내가 시험을 못 본 것이었고, J의 표정이 점점 어두워지면 내가 시험을 잘 본 것이었다. 그 표정을 보는 것도 재미있어서 난 시험만 끝나면 무조건 내 시험지를 줬다. 그랬던 J가 나와는 다른 고등학교에 간 뒤로 다시는 볼 수 없었다.

소문을 듣자니 J는 고등학교에 가서도 열심히 공부해서, 수능을 망쳐 지방대에 간 나와 달리 수시로 서울에 있는 평판 좋은 대학교에 갔다고 한다. 만약 대학으로만 평가한다면 J는 성공한 인생이고, 나는 실패한 인생일 것이다. 하지만 J는 그 좋다는 대학교에서 아르바이트와 학점 관리를 동시에 하는 것이 힘들어 울면서 휴학했다고 한다. 더 안타까운 일은 매일 울면서 환경을 비관한다는 것이다.

나는 비록 울면서 대학교에 가긴 했지만, 단과대 수석으로 합격해 등록금을 면제받았다. 1년 동안은 일정 학점 이상만 유지하면 계속 학비가 면제돼서 적당히 공부하고 열심히 놀았던 것 같다. 그러면서 다른 열심히 하는 친구들에게 일등을 양보해서 학비를 아낄 수 있게 해 주었다(사실 그냥 노느라고 1등을 못했지만 좋게 생각하는 중이다). 그 1년이라는 짧은 기간은 그 후로 한참 동안 열심히 살아가는 데 원동력이 되어 주었다. 차라리 여행이라도 다녀왔으면 모르겠는데, 1년 동안 열심히 놀아 보니 2학년 올라갈 즈음에는 그동안 시간 낭비했다는 생각도 들고, 미래를 위해 무언가를 준비해야겠다는 생각도 들었다. 지금 돌아보면 1년 동안 놀면서 나와 다른 사람들과 어울리는 법을 터득한 것 같다. 고등학생 때 주로 혼자 공부만 하던 시간이 많았던 나는, 그제서야 다양한 사람들을 만나 어울리면서 사회성을 키웠던 것이다.

사람은 절대 혼자서는 살 수 없는 존재다. 어느 인기 드라마를 보다가, 극중 한 캐릭터가 자식들에게 친구도 경쟁자이니, 친구가 힘들 때일수록 더 치고 올라가야 한다고 이야기하는 것을 들었다. 이 드라마가 인기 있던 큰 이유 중 하나가 현실을 잘 반영했기 때문이라고 하니 씁쓸하다. 남들은 어찌 되건 나만 잘살고 행복하면 그만이라는 인식이 팽배한 사회에서 성공하면 훗날 내 인생을 돌아봤을 때 정말 좋았다고 말할 수 있을까.

앞서 이야기했던 J 얘기를 처음 들었을 때는 이해가 잘 안 됐다.

그렇게 노력해서 열심히 공부하더니 결국 좋은 대학에 갔고, 거기서 또 열심히 하면 다 잘될 텐데 뭐가 그렇게 힘들다고 할까 하고 말이다. 그런데 우여곡절 끝에 대학원에 들어가고, 로스쿨 준비를 하면서 힘들어하던 J의 마음이 이해되었다. 왜 이렇게 세상은 넓고, 또 잘나고 똑똑한 사람들이 많은 건지…. 그런 사람들과 비교되어 초라한 내 모습에 울적해지기도 했다. 그래서 하루는 그 울적함을 이기지 못해 대학생 때 같이 공부했던 I에게 전화를 걸어 하소연했다. 묵묵히 듣던 I가 이런 말을 했다.

"맞아, 잘나고 똑똑한 사람이 너무 많더라. 그런 사람들은 너랑 달리 편히 공부해서 쉽게 원하는 것을 이룰 거야. 그런데 그 사람들이 그런 거는 당연한 거지, 대단한 게 아니잖아. 만약 네가 지금 이 상황 이겨내고 법조인이 된다면 넌 정말 대단한 거야. 넌 네가 처한 환경을 어떻게든 극복하려고 노력하는 거잖아. 네가 하루하루 힘내서 살아가는 것만으로도 누구에게는 희망이 되고 도전이 돼. 나도 너의 그런 모습이 좋았어. 그러니까 기죽을 필요 없어. 넌 살아 있다는 것만으로도 대단한 사람이야."

I의 이런 따뜻한 말이 진심으로 격려가 되고 위로가 되었다. 정작 내가 공부를 포기하고 법조인이 되고자 하는 생각을 접었다고 이야기했을 때도 I는 그동안 열심히 살았으니, 넌 앞으로 뭐를 해도 해 낼 사람이라고 응원의 말을 해 주었다. 내가 대학 1학년 때 놀면서 이런 친구를 만나지 못하고, 그저 혼자 공부만 열심히

해서 원하는 바를 이루었다면 과연 행복할 수 있었을까? 내가 겪어 보지 못한 삶이기에 함부로 말할 순 없지만 적어도 지금 이 순간 그런 삶을 살지 못한 것에 대한 후회는 없다.

사람들은 말한다. 무언가를 성취하고, 높은 직위에 올라가고, 많은 부를 얻어야 성공한 인생이라고. 그런데 많은 실패를 해 보고 이룬 것도 별로 없는 나이지만 나는 내 삶에 만족한다. 이미 많은 것을 이루었고 행복할 만한 조건을 많이 갖춘 듯 보이는 사람도 이루지 못한 작은 것에 집착하고 과거에 얽매여 후회 속에 살기도 한다. 그런 사람들을 보면 나에게 어떤 인생을 줄지는 온전히 나의 몫이라는 생각이 든다.

사람들 모두 자신만의 선택으로 세상을 살아가지만, 자신에게 어떤 인생을 줄 것인지 고민할까? 좋은 인생에는 어떤 조건도 필요 없다. 스스로가 만족하느냐 여부에 달려 있다. 나는 내가 생각하는 가장 좋은 인생을 나에게 주고 싶다.

내 인생은 내가 사는 것

"너답지 않게 왜 이래?"

"나답다는 게 뭔데요?"

한 번쯤은 들어 봤을 만한 대화다. 어디서 들었는지 기억나지 않지만, 내용이 강렬해서 잊히지 않는다. 아마 현실에서도 종종 들을 수 있어서 더 그런가 보다. 가끔은 나도 내가 어떤지 잘 모르는데, 사람들은 멋대로 나를 판단하고 재단해서 그들의 생각과 다르게 행동하거나 말하면 나답지 않다고 한다. 대체 나답다는 것이 뭔지 무척 궁금하다.

얼마 전까지는 다른 사람들의 눈에 비친 내 모습으로 나를 정의하려고 했다. 하지만 상황과 대상에 따라 나의 말과 행동이 달라지고, 그로 인해 나에 대한 평가도 엇갈린다. 남들이 보는 내 모습을 종합해 보면 나는 분명 다중인격자겠지? 그래서 진짜 내가 누구인지 찾는 것은 이제 포기했다. 대신 내가 간절히 원하는 내 모습이 어떤 건지, 나를 객관적으로 바라보기로 했다. 더는 남들이 원하는 내 모습에 맞춰서 살고 싶지는 않으니까. 그러기 위해서 어떤 순간에 나 스스로 행복하고 뿌듯했는지 기억해 보기로 했다.

내가 괜찮은 사람이라고 처음 느꼈던 건 초등학생 때였다. 당시 우리 반에 몸이 불편한 친구 K가 있었다. 말이 느리고 글씨도 잘 쓰지 못해서 학교도 늦게 입학해 나보다는 세 살이나 많은 언니뻘이었다. 글씨 쓰는 것이 불편해 보여 내가 옆에서 도와주니까 활짝 웃으며 좋아했다. 웃으니까 예쁘다고 계속 웃으라고 하면서 옆에서 계속 챙겨 줬다. 그 뒤로 K의 짝은 무조건 나였다. 짓궂은 남자애들이 놀리고 괴롭히면 같이 맞서서 싸웠다. 어린 내 눈에도 조금 몸이 불편하다고 맘까지 힘들어야 하는 것이 너무 이상해 보였기 때문이다.

매일 K의 알림장을 내가 써 주었는데, 하루는 알림장에 다음날이 내 생일임을 알리면서 우리 집 약도를 그리고 초대장을 적었다. 다음날 K의 어머니가 K의 손을 잡고 우리 집에 오셨다. K의 어머니는 나와 엄마에게 허리를 굽히시면서 딸이 또래 생일잔치에 가본 적이 처음이라 설레서 잠도 못 잤다고, 너무 감사하다고 연신 인사를 하셨다. 친구를 집에 초대했을 뿐인데 너무 과하게 칭찬받으니 기분은 좋았지만, 너무 이상했다. 하지만 나의 사소한 행동으로도 누군가를 크게 기쁘게 할 수 있다는 것을 그때 처음 알았다.

어렸을 적에 부모님과 살 때는 우리 집 형편이 꽤 좋았던 것으로 기억한다. 그래서 엄마는 내 생일만 되면 동네 친구들을 불러서 크게 잔치를 해 주셨다. 당시에는 누구네 집에 돈이 있고 없고는 전혀 중요하지 않았다. 누가 어떤 집에 사는지 역시 중요하지 않았다. 여러 사정으로 집안 환경이 안 좋아지고, 엄마와 헤어져 생사도 모르며, 할머니 손에 힘들게 컸지만, 학창 시절에는 이러한 내 가정형편이 인간관계에 큰 영향을 미치지 않았다. 오히려 집안이 어려운데 열심히 공부한다고 친구 어머니들이 맛있는 것도 사 주시고 잘 챙겨 주셨다.

그런데 어른이 돼서 초등학생들이 당당히 집 몇 평이냐, 부모님 얼마 버냐는 내용의 대화를 주고받는 것을 보고 충격을 적잖이 받았다. 또 임대아파트에 산다는 이유로 같은 반 친구인데도 같이 놀지 못하게 한다는 말에 깜짝 놀라기도 했다.

돌아보면 돈이 있었던 적도 있었고, 반대로 너무 없어서 힘들었던 적도 있었다. 특히 어렸을 땐 나의 의지와는 상관 없이 내가 처한 상황이 바뀌는 경우가 많았다. 만약 내가 어쩔 수 없는 내 환경들 때문에 사람들이 나를 대하는 방식이 달라졌다면 무척 슬펐을 것이다. 나이를 먹어가면서 내가 가진 것이 많아져도 자만하지 말고, 없어도 기죽지 말자고 다짐했다. 나뿐만 아니라 다른 사람들을 볼 때도 절대 그 사람의 환경으로 판단하지 말고 겉이 아닌 속을 보고자 노력했다. 누군가 자신의 환경으로 절망하거나 낙심한 모습을 보면 나도 더불어 속상했다.

고등학생 때는 대학에 가겠다는 열망으로 옆을 볼 겨를이 없었다. 게다가 당시 지역에서 제일 공부를 잘 한다는 인문계 학교에 갔기 때문에 다들 열심히 공부하는 분위기였고, 뒤처지지 않으려면 부단히 노력해야 했다. 그런데 대학에 가니 분위기가 너무 달랐다. 초반에는 분위기에 휩쓸려 열심히 놀았다. 그런데 놀면 놀수록 미래가 불안해지기 시작했다. 그래서 다시 공부했는데, 이번에는 혼자 하지 않고 주위 사람들과 서로 격려하고 도와가며 함께하려고 했다. 2학년이 되어 예비역 오빠들과 함께 수업을 들으면서 군대 갔다 와서 적응하기 힘들다는 말에 공부에 도움도 주고 필기 노트도 빌려 주곤 했다. 후배들에게는 괜찮은 강의를 추천해주고, 공부하는 비법을 알려 주었다.

우리 과는 비교적 다른 과에 비해 공부를 열심히 하는 분위기였던 것 같다. 다른 과를 다니던 기숙사 룸메이트로부터 우리 과 사람들과 같은 교양 수업을 들으면 학점이 잘 안 나온다는 말을 듣고는 뿌듯해 하기도 했다. 하지만 내 생각과 행동이 모든 사람에게 좋게 전달되지는 않는다. 나를 싫어하는 언니들이 있었고 괴롭힘도 당했다. 과 모임에 잘 나가지 않고 도서관에만 다녔더니 혼자 튄다고 여겼나 보다. 조기 졸업한다고 선배들 수업에 들어갔는데, 같이 수업 들으면 학점이 잘 안 나온다고 욕을 먹은 적도 있었다. 그 언니들이 내게 말을 막 해서 내가 힘들어 하면 친한 친구나 후배들이 와서 위

로해 주곤 했다. 당시에는 왜 나를 미워하는지 원인도 모른 채 마냥
속상하기만 했다.

　대학원에 가서도, 직장에서도 나를 싫어하는 사람은 꼭 있었다.
지금 와서 생각해 보면 난 어딜 가서도 튀는 사람이었나 보다. 그리
고 어디에나 개성 강한 사람을 싫어하는 사람이 꼭 있다는 것을 깨
달았다. 한때는 그런 사람들과도 원만한 관계를 유지하려 애를 썼
지만, 모든 사람에게 인정받을 수 없다는 사실을 깨달았다. 또한 조
건 없는 사랑이 있듯이, 조건 없는 미움도 있다는 것 또한 알게 되
었다. 이제는 누가 나를 싫어한다면 나를 싫어할 수 있는 자유를 주
기로 했다. 나를 싫어하는 것은 자유지만, 내가 그 사람 때문에 나
를 바꾸려고 스트레스 받을 필요도 없다.

　"나도 누나처럼 공부 열심히 해 보고 싶어"

　대학원에 다니던 어느 날 군대에 있던 동생에게서 연락이 왔다.
늘 공부에 흥미가 없어 걱정이었는데, 군대 가서 많은 생각을 했던
것 같다. 특히나 군대에서 좋은 대학에 다니는 친구들을 많이 만났
는데, 그 친구들과 얘기해 보니 깨달은 것이 많았다고 했다. 그리고
제대하고 무엇을 해야 할지도 막막하다고 했다. 솔직히 당시 나도
대학원에 다니면서 어렵게 공부를 하던 때였지만, 앞뒤 생각 없이
무조건 도와주겠다고 했다. 살던 원룸을 빼서 훨씬 열악한 동네에
방 두 칸짜리 지하 집을 구했다. 그리고 학교에서 조교 일을 하면서
마련한 돈은 동생의 재수 학원비로 다 들어갔다. 그러니 아르바이

트로 생활비를 벌어야 해서 공부할 시간이 부족했다. 그래도 혹시 나 동생이 공부하려고 큰 마음을 먹었는데 마음이 바뀔까봐 그것이 더 걱정이었다. 나는 지금껏 쭉 공부를 해왔으니, 1년 정도는 덜 해도 금세 따라잡을 것이라고 확신했다. 동생은 이런 나에게 고마워하면서 첫차를 타고 학원에 가서 막차를 타고 집에 왔다.

그해 여름, 동네에 물난리가 나서 지하였던 우리 집도 타격을 받아 어쩔 수 없이 또 이사를 하게 되었다. 하지만 그런 상황에서도 서로 할 수 있다고 격려하며 버텼고, 3월에 제대를 해 그해 11월에 수능을 본 동생은 성적을 많이 올려 서울에 있는 대학에 합격하였다. 거기서 자신감을 얻은 동생은 거의 꼴찌로 합격하였지만 입학하고는 아르바이트와 공부를 열심히 해서 장학금 받으며 학교에 다녔다. 나중에 다 갚겠다고 진심으로 고마워하던 동생을 보며 내가 더 뿌듯했다. 그리고 너무 감사했다.

늦은 저녁 집에 와서 한 통의 전화를 받았다. 대학생 때 같이 도서관에 다니고 졸업 후 공무원 준비를 했던 I에게서 온 전화였다.

"나 합격했어, 다 네 덕분이야. 정말 고마워"

서로 어려운 환경 이겨내고 원하는 바를 이루자고 굳게 약속했지만, 둘 다 많은 고비가 있었다. 전화로나마 계속 응원하고 격려하며 공부를 이어 나갔다. 그리고 I는 결국 어렵다는 공무원 시험에 합격했다. 전화기 너머로 들리는 고맙다는 말에 눈물이 핑 돌았다. 내가 꿈을 이룬 기분이었다. 힘들고 어려운 상황에서도 열심히 하면 결국 이룰 수 있다는 희망이 거기에 있었으니까. 사랑하는 사람이 진심으로 원하는 것을 이룬 모습에 나까지 너무 행복했다.

어떤 강연 프로그램에서 질문을 던진 사람이 자신은 봉사활동을 너무 좋아해서 자주 하는데, 사람들에게 착한 척한다고 오해받고 안 좋은 소리를 들어 힘들다고 했다. 그러자 강연하던 분은 남들에게 인정받기 위해 하는 행동이 아니니 신경 쓰지 말고 계속 본인이 원하는 일을 하라고 했다.

또 어떤 판사님은 글쓰는 것을 좋아해서 틈틈이 글을 쓰고 책을 내셨다. 그러자 판사가 왜 책을 내냐면서 정치에 입문할 생각이냐는 오해를 끊임없이 받았다고 한다. 계산에 익숙해진 사람들은 이렇게 누가 어떤 행동을 하면 그 일에 어떤 목적이 있다고 생각해 계속 의심을 해댄다. 모든 일을 할 때마다 이 일이 나에게 얼마나 큰 이익을 주는지 하나하나 계산하며 행동하는 사람이 어디 있겠는가? 내가 정말 좋아하는 일은 어떤 목적이나 이익이 없어도 그 행위 자체만으로도 좋은 것이다. 사람은 자신이 좋아하는 일을 할 때 진심으로 행복해진다.

한때는 나도 앞만 보며 전속력으로 달렸다. 하지만 자꾸 넘어지고 길을 잘못 들고 그랬다. 그런 나를 일으켜주고 바른 길로 이끌어준 사람들이 있었다. 그래서 어느 순간부터인가는 나도 주위에 넘어지거나 뒤처지는 사람이 있으면 다가가서 손을 내밀게 되었다. 혼자 달릴 때는 너무 외로웠는데 함께 걸으니 행복했다.

몇 번인가 사람들로부터 실속 차리라는 말을 들은 적이 있다. 이렇게 쓸데없는 짓(?)들을 하니 원하는 시험에도 떨어지고 뒤처진다는 얘기였다. 나와 비슷한 길을 가던 사람들은 이미 뛰어서 저 멀리 가버린 뒤였다. 내가 원하는 삶은 누구보다도 먼저 앞질러 가서 만세를 부르는 것이 아니라, 훗날 마지막 순간에 사랑하는 사람들과 웃으며 지나온 길을 추억하는 것이다. 이런 속도로 가다 보면 어디까지 올라갈 수 있을지 알 수 없지만, 높은 곳에 혼자 서 있고 싶은 생각은 없다. 그래서 사랑하는 사람들과 함께 올라가는 이 순간순간이 너무 행복하다.

그 누구도 내 삶을 대신 살아 주지 못한다. 그러니 남들에게 잘 보이려 억지로 나를 꾸밀 필요도 없다. 그저 남에게 피해 주지 않고 스스로 간절히 원하는 사람이 되면 된다. 타인의 기대에 부응하려 하면 그만큼 지치게 된다. 내가 원하는 내 모습을 의욕적으로 만들어가자. 그러면 하루하루가 행복한 날들의 연속일 것이다.

'없는 것'이 아니라 '있는 것'에 집중하라

언제부턴가 '헬조선'이라는 말이 생겨났고, 또 'N포시대'라는 말도 들린다. 오죽하면 저런 말이 나올까도 싶고 이러한 상황을 비판하는 사람들도 있다. 누구 말이 옳다고 따지기 전에 분명한 것은 요즘 많은 사람이 살기 힘들다는 것이다. 예전에도 모두가 살기 좋았던 시대는 없었다. 빈부격차가 없던 시대도 없었다. 그런데 요즘 들어 왜 이렇게 힘들다는 말들을 많이 하는 것일까?

혹자는 요즘 젊은 사람들이 '열정이 부족하다', '노력이 부족하다'며 꾸짖는데, 열심히 해도 갈수록 벌어지는 격차에 겁먹은 나머지 아예 경쟁 대열에서 이탈해 버리는 사람들이 많아서 그런 것 같다. 문제는 경쟁 대열에서 이탈했다면 스스로 길을 개척하거나 자기가 원하는 방식으로 행복을 찾으면 되겠지만, 타인이 만들어 놓은 룰에 사로잡혀 스스로를 비난하고 자책한다는 것이다.

우리나라의 자살률은 너무 높다. 나는 그 한 이유로 우리나라의 강한 집단주의를 들고 싶다. 무리에 속해 있을 때는 서로 감싸고 보호해 주지만, 무리에서 벗어나면 곧바로 비난하거나 이상한 사람으로 취급한다. 세상에 한날 한시에 태어난 쌍둥이도 똑같지 않은데, 각각 다른 환경에서 자란 사람들에게 똑같은 방식으로 살기를 강요하는 것은 너무 가혹하다. 사람마다 원하는 것이 다를 수 있고 추구하는 목표가 다를 수 있다. 그런데 직업에 귀천을 만들고, 같은 목표를 향하게 해서 기어이 줄 세워 등수를 만들고, 줄 뒤쪽에 선 사람들을 패배자로 만들어 버린다. 사람들이 가지고 있는 재능이나 능력이 모두 다른데, 그 무리에서 중요시하는 무언가가 부족하다고 패배자 취급을 받는 것이다.

12살 때 부모님이 이혼하시면서 도시를 떠나 시골에 계신 할아버지, 할머니와 함께 살았다. 처음에는 힘들었지만 어느 정도 잘 적응해가고 있었다. 그런데 중학교에 진학하자 그 전까지 하교 후 같이 놀던 친구들이 어느 순간 다들 학원에 다니기 시작했다. 내 사정으로는 학원에 다닐 수 없었다. 그래서 가끔 친구들 모두 학원에 갈 때 혼자 집으로 오면서 쓸쓸함에 남몰래 눈물을 훔치곤 했다. 친구들이 학원에 있을 시간에 나는 도서관에서 책을 빌려와 집에서 혼자 책을 읽었다. 당시에는 내 삶이 감사하다고 생각되지 않았다.

하지만 어느 날 내 생각을 완전히 바꿔 놓는 책을 만났다. 바로 제3국 아이들의 이야기를 쓴 《토토의 눈물》이었다. 처음 그 책을 읽었을 때 받았던 충격을 잊을 수 없다. 지구 반대편에서 전쟁과 기근으로 수없이 많은 아이들이 학살당하고 죽어 갔다. 내가 당연하게 다니는 학교에 가고 싶어도 못가는 아이들이 너무도 많다는 것을 알고는, 나는 참 많은 것을 가진 사람이라는 것을 깨달았다. 당장 옆에 있는 친구들과 비교했을 때 내가 못 가진 것들 때문에 우울했는데, 내가 가진 것이 생각보다 많다는 것을 깨닫자 감사함이 밀려왔다. 학교에 다니는 것만으로도 너무 감사하니까 공부도 열심히 해야겠다고 다짐했다. 후에 여러 이유로 공부를 하는 이유가 변질되기는 했지만, 학창 시절 끝까지 학업의 끈은 절대 놓지 않았던 계기가 되었다.

또 대학 시절에는 어느 책에서인가 감명 깊은 구절을 봤다.

"나로 인해 누군가가 행복하다면 나는 참 성공한 인생이다."

살아가면서 언제나 내 존재의 이유를 알고 싶었다. 힘든 상황이 올 때마다 나를 놓고 싶을 때마다 내가 태어난 것에는 분명히 이유가 있을 것이라고 애써 위안을 했다. 그리고 어떻게 하면 행복해질 수 있을까 끊임없이 고민했다. 그러다 내가 가진 것으로 남을 도와 행복하게 해 준다면 나도 행복해지지 않을까 하는 생각이 들었다. 그래서 내가 가진 것이 무엇인지 곰곰이 생각해 보았다.

내게는 돈도 없고, 배경도 없고, 인물마저도 없다. 하지만 끊임없이 공부해왔기 때문에 공부만큼은 누구보다 자신 있었다. 특히 좋지 않은 머리로 열심히 공부했기에 지식이 뛰어나진 않아도 누군가를 잘 가르칠 자신은 있었다. 그래서 교육 봉사활동을 시작하게 되었다. 어디에서 봉사활동을 하면 좋을지 몰라 수소문하다가 인권 세미나에 등록해 다양한 분야의 인권을 공부했다. 그곳에서 탈북 청소년들 이야기를 접했고, 그 세미나에 오신 인권단체 팀장님과 인연이 닿아 탈북 청소년들에게 공부 가르쳐주는 봉사활동을 시작했다.

내가 맡은 봉사는 매주 토요일마다 탈북 청소년들에게 공부를 가르쳐주고 함께 놀아 주는 일이었다. 일은 고되고 힘들었지만, 무언가 도움이 된다는 생각에 힘든 줄 모르고 지냈다. 그러던 어느 날이었다. 함께 이야기를 나누다가 가르치던 학생들에게 선생님(본인)은 한국에서 못 사는 사람 축에 속하고, 한국 사람이라고 다 잘 살지 않는다고 이야기했다. 내 이야기의 요지는 한국도 살기 힘든 곳이니 열심히 공부해서 잘 살아야 한다는 뜻이었다. 그런데 한 아이가 정색하며 말했다.

"그래도 선생님은 한국에서 태어났잖아요. 저는 그러지 못해서 목숨 걸고 넘어왔어요."

나의 의미가 잘못 전달되어 그 아이에게는 내가 한국에서 살기 힘들다고 징징거리는 것으로 들렸나 보다. 순간 머리가 띵해져 아무 말도 할 수 없었다. 이유가 어떻든지 누군가는 목숨을 걸 정도로 간절히 원했던 것을 나는 아무렇지도 않게 누리고 있으면서 불평을 한 것이다. 중학생 때 《토토의 눈물》을 읽고 느꼈던 감정이 내 마음 속에서 수십 배, 수백 배 뻥튀기가 되어 터져 나왔다.

그 일 이후 앞으로는 절대 내 환경을 탓하지 말아야겠다고 다짐 했다. 내가 노력한 일이 잘 안 되더라도 적어도 환경 탓 남 탓은 하 지 말아야지. 물론 인간은 망각의 동물이라 그 다짐을 잊고는 다시 휘청거리기도 했지만, 그 날의 일은 내게 없는 것이 아니라 내가 가 지고 있는 것에 눈을 돌릴 수 있는 계기가 되었다.

우리 사회는 정말 불공평하다. 나도 돈 많은 사람을 보면 가끔 은 너무 부럽다. 하지만 부러워도 지는 것은 아니다. 부럽긴 하지만 그만큼 돈을 가지지 못했다고 나 자신이 초라하지도 않다. 사는 방 식이 다를 뿐이니까. 없는 것을 탓하며 살기에는 내 인생이 너무 귀 하다. 비록 내가 그 사람보다 눈에 보이는 것은 현저히 적게 가지고 있을지 몰라도, 눈에 보이지 않는 것은 훨씬 더 많이 가지고 있을 수도 있잖은가. 어차피 눈에 보이지 않는 것은 비교도 못하는데 말 이다. 크게 아픈 곳 없고 몸도 마음도 멀쩡하니 돈이야 언제든 벌면 된다. 물론 얼마나 많이 벌진 알 수 없지만 적어도 돈 때문에 슬퍼 하지는 않을 것이다. 실제로 내 삶은 하루하루 나아지고 있다. 그만 큼 감사와 행복도 쌓이고 있다.

돈과 권력을 가진 사람은 많은 것을 할 수 있지만 모든 것을 할 수는 없다. 작은 것을 아끼고 나누며 정말 간절히 원하는 것을 이루 었을 때 느끼는 그런 소소한 행복들은 돈이나 권력과는 별 상관이 없다. 물론 그런 것 몰라도 좋으니 돈이라도 많았으면 좋겠다고 말할 사람도 있겠지만 말이다. 어차피 인생은 각자의 생각대로 살아가는 것이니까. 하지만 분명한 것은 내가 가지지 못한 것에 집중하면 불행해지고, 가지고 있는 것에 집중하면 행복해진다는 것이다. 불행한 인생을 살건지, 행복한 인생을 살건지 선택하는 것은 각자의 몫이다. 나는 행복해지는 쪽을 선택할 것이다. 어느 광고의 멘트처럼 '난 정말 소중하니까.'

남의 행복을 탐하지 말고 내 행복을 찾아라

"SNS를 보면 나 빼고 다 행복해 보여요."

"누구는 좋은 가족 만나 편히 사는데 저는 왜 이럴까요?"

불행하다고 생각하는 사람들과 이야기를 나누다 보면 항상 남의 이야기가 나온다. 게다가 남의 행복을 부러워하는 것에 그치지 않고 거기에 초라한 내 모습을 빗대어 자신의 불행을 더욱 부각하기 바쁘다.

2003년 겨울 저녁, 한 남자가 자신의 집 앞에서 계속 초인종을 누르고 있다. 늘 반갑게 문을 열어 주던 아내는 기척도 없다. 이상함을 느낀 남자는 아내의 친구에게 연락했다. 아내의 친구가 왔고 열려 있던 아파트 창문 사이로 손을 넣어 아내의 핸드백에서 열쇠를 꺼내 문을 열고 들어갔다. 자신의 집 안으로 들어간 남자는 아내

와 아들, 딸이 모두 죽어 있는 모습에 망연자실했다. 경찰이 와서
수사를 시작했는데, 처음에는 밀실에서 모두 질식사로 판정되어 자
살로 단정지으려 했다.

하지만 자살이라고 단정짓기에는 이상한 점이 많아 수사를 계
속 이어가던 경찰은 의외의 사람을 범인으로 지목했다. 바로 피해
자 남편과 함께 들어와 사건 현장에서 펑펑 울던 피해자의 친구였
다. 범죄 동기는 더욱 황당했다. 오랜만에 인터넷 사이트를 통해
만난 피해자와 가해자는 여고 동창이었다. 여고 시절부터 자신이
피해자보다 우월한 사람이라고 생각했던 가해자는 결혼도 못해
단칸방에서 초라하게 사는 자신보다 자상한 남편을 만나 아이 둘
을 낳고 행복한 가정을 꾸리며 훨씬 잘 사는 피해자에 분노했다.
그래서 가해자는 친구와 아이들이 사라지면 자신이 행복할 것 같
아 범죄를 저질렀던 것이다.

이 이야기는 유명한 시사 프로그램에도 소개되고, 영화로도
제작되었다. 영화보다 더 영화 같은 현실에 사람들은 충격을 감추
지 못했다. 내 것이 아닌 남의 행복을 질투한 어리석은 이기심 때
문에 소중한 생명이 사라졌고, 가해자 역시 남은 평생을 교도소에
서 보내야 할 것이기에 본인의 삶도 더욱 불행해졌다.

만약 사건 가해자가 친구의 행복을 질투하지 않고 본인의 행복
을 찾았다면 이런 일은 벌어지지 않았을 것이다. 행복과 불행의 총
량은 일정한 양으로 정해져 있지 않다. 다른 사람이 행복하다고 내

가 불행해지는 것이 아니고, 다른 사람의 행복을 빼앗지 않아도 얼마든지 같이 행복을 누릴 수 있다. 기쁨은 나누면 배가 된다는 말도 있지 않은가.

사람들이 이처럼 남의 행복을 질투하는 이유는 뭘까? 경쟁에 길들여진 사람들은 습관적으로 행복과 불행도 경쟁 속에 있다고 생각하는 것 같다. '공동 1등은 있을 수 없다'는 생각처럼 행복도 등수가 매겨져 있다고 착각하는 것이다. 행복과 불행은 무엇보다도 상대적인 것인데, 대부분 이를 간과하고 살아간다.

소설 《어린왕자》에 나오는 유명한 말이 있다.

"정말 중요한 것은 눈에 보이지 않아."

행복도 그중 하나다. 눈에 보이지 않고 내 마음속에만 있기에 행복의 크기를 잴 수 있는 사람은 오직 나뿐이다. 그러니 남과 행복의 크기를 비교하거나 남의 행복을 내 행복으로 만들려고 하는 것은 처음부터 불가능한 일이다.

20대 초반 법조인의 꿈을 품고 열심히 공부했던 시기에 10대부터 50대까지 다양한 사람들과 만나 이야기를 나눌 기회가 있었는데, 그 사람들 틈에 슬퍼하고 있는 10대의 L이 있었다. 조심스럽게 왜 슬퍼하냐고 물어봤더니, 자신의 삶이 너무 평범하고 단순해서라고 한다. 금슬 좋은 부모님 밑에서 무난하게 학교와 학원 다니면서 별일 없이 살고 있기 때문에, 어려운 환경에서도 꿈을 잃지 않고 살아가는 나의 이야기를 들으니 자신의 평범한 삶이 하찮게 느껴진다는 것이었다. 순간 할 말을 잃었다. 어떻게 말하면 좋을까 생각을 하다 L에게 말했다.

"만약 내게 어떤 삶을 살지 고를 수 있는 기회가 주어진다면 나는 일 초의 망설임도 없이 평범한 삶을 선택할 거야. 부모님께 사랑받으며 별일 없이 무난하게 사는 게 항상 내 소원이었거든. 나는 그런 삶을 살지 못했어. 하지만 반드시 그런 삶을 살 거야. 그러니까 내 삶을 부러워하지 말고 네게 주어진 삶을 매우 감사하게 생각했으면 좋겠어. 나 같은 누군가는 정말 간절히 원하고 노력해야 얻을 수 있는 것이 평범한 삶이니까. 그리고 늘 느끼는 거지만 너처럼 사랑받고 자란 사람들이 별로 힘 들이지 않고 주변 사람에게 사랑을 전해 주더라. 넌 네가 가만히 있어도 얼마나 사랑스러운지 모르지?"

나는 한때 조건 없는 사랑을 믿지 못했다. 내가 무언가를 주어야 반대급부로 사랑받을 수 있는 줄 알았다. 하지만 부모님께 조건 없는 사랑을 받고 자란 친구들을 보면 사랑을 주고받는 것이 너무 자연스럽다. 사랑에 조건이 없음을 삶으로 터득했기에 별 노력 없이도 사람들과 어울려 사랑을 주고받으며 사는 것이다. 나는 그게 너무 서툴러서 지금의 배우자에게도 많은 상처를 줬다.

내 고통을 부러워하는 L의 말을 들었을 때 첫 생각은 솔직히 어이가 없었다. 남의 떡이 더 커 보인다고 하더니 이건 커 보이는 정도가 아니라 상한 부분까지도 좋아 보인다는 말처럼 들렸기 때문이다. 하지만 좋지 못한 상황을 극복하고자 발버둥치는 나의 용기를 부러워할 수도 있다고 생각하니 나부터도 내 삶을 낮게 평가했던 건 아닐까 반성이 되었다.

사람은 누구나 그토록 다양한 삶의 모습만큼 다양한 향기를 뿜으며 살아간다. 사람들은 자기가 살아온 방식에 따라 풍기는 향기가 많이 다르지만 어떤 향기도 향기롭지 않은 것은 아니다.

한때 내가 큰소리치며 이루겠다던 법조인의 꿈은 결국 이루지 못했고, 지금 평범한 삶을 살고 있다. 내가 좋아하는 책을 마음껏 읽으며 글을 쓰고 있는 지금 이 순간이 너무 행복하다. 나를 꾸며줄 수식어가 없으면 내 존재는 하찮아진다고 생각해 하루하루의 소중함을 모르고 알 수 없는 미래를 위해 현재를 희생했다. 지금 나는 직업도 직장도 직책도 모두 없다. 나를 나타낼 수 있는 수식어가 아무것도 없는, 그냥 꾸밈 없는 나다. 하지만 나는 절대 하찮지 않음을 안다.

만일 평범한 오늘과 똑같은 내일이 온다면 너무 기쁠 것이고, 오늘과 다른 특별한 내일이 온다면 너무도 설렐 것이다.

이제는 '슈퍼 을'이 되자

어느 날 집으로 오는 길에 오랜만에 친구 M에게서 연락이 왔다. 문자로 통화 가능한지 물어서 반가운 마음에 바로 전화했다. M은 늘 밝고 활기찼는데 그날만은 목소리가 격앙되어 있었다. 표정을 볼 수는 없었지만, 매우 화가 난 것이 전화기 너머로도 느껴졌다.

　내용인즉 회사의 높으신 분이 M에게 불쌍한 처지에 있는 사람 구제해서 일 시켜 주는 거니까 고마운 줄 알고 열심히 일하라고 했다는 것이다. 그 말을 들으니 의욕도 꺾이고 화가 난다는 것이었다. 본인이 아무 일도 안 하고 월급을 받는 것이 아닌데 적선하듯 말하는 것이 기분 나쁘다고 했다. 무엇보다 열심히 살아온 자신이 왜 불쌍한 사람 취급을 받아야 하는지 이해가 안 된다고 했다. 진심으로 정중히 그렇게 말씀하시지 말아 달라고 말하고 싶은데, 그래도 괜찮을지 조언을 구했다. 그러면서 나도 그런 말을 들은 적이 있는지 물었다. 곰곰이 생각해 보니 나는 그런 말을 참 많이도 들었다. 특히나 정색하며 대꾸도 안 한 M과는 달리 웃으며 맞장구치고 앞으로 더 열심히 하겠다고 하니, 더욱 신이 나서 틈틈이 내가 불쌍한 사람임을 강조당했다. 당시에는 그 말이 기분 나쁜 말이라는 것조차 몰랐다. 다른 친구에게 그 이야기를 하니 화를 내는 친구를 보고 다시금 그 말을 곱씹어 보게 되었던 것이다.

나도 어렸을 적에는 매사에 자신감이 넘쳤다. 무슨 일이든 마음만 먹으면 다 해 낼 수 있다고 확신했다. 하지만 여러 번 실패를 반복하는 동안 자신감은 한없이 낮아졌다. 공부를 접고 구직활동에 뛰어들었는데, 취업이 생각보다 어려웠다. 자꾸 거절을 당하는 사이에 자신감이 더욱 떨어졌고, 겨우 합격한 회사에서 불쌍한 사람 구제해 줬다는 말을 들으면서는 나 스스로를 불쌍한 사람이라고 받아들인 것이다. 학창시절보다 생활 형편은 점점 나아졌음에도 나 스스로 나를 불쌍한 사람으로 만들어가고 있었다.

공부하면서 아르바이트를 하던 시절, 일하던 가게에서는 너무도 당연하게 한두 시간 더 일할 것을 강요당했다. 퇴근시간이 넘었지만 사장님이 늦게 나와 별 수 없이 일을 더한 적도 한두 번이 아니다. 그러면 미안함은커녕 시급 더 쳐주면 되는 거 아니냐는 이야기도 들었다. 하루는 퇴근하면 공부하러 가야 한다고 했더니 그깟 공부 한두 시간 덜 하면 어떠냐고 하셨다. 나에게도 계획이 있고, 그래서 매 시간이 소중한데 내 계획이 틀어지는 것을 두고 그렇게 아무렇지도 않게 말하는 것이 속상했다. 하지만 당장 아르바이트를 그만둘 수 없어서 묵묵히 일했다.

그러던 어느 날 사장님은 본인 아들들에게는 아무 아르바이트도 안 시키고 오로지 공부만 하게 한다며, 한 아들이 전문직 시험을 준비했는데 똑똑해서 합격했다며 자랑을 늘어놓았다. 속에서 알 수 없는 분노가 치밀었다. 그날 집으로 돌아오면서 속상한 마음에 눈물이 멈추지 않고 계속 흘렀다.

돈을 벌면 내 가치가 올라갈 것이라고 생각했다. 하지만 역설적으로 돈을 벌기 위해 나를 지나칠 만큼 내려놓아야 했다. 스스로 나를 불쌍한 사람으로 만드는 것에 점점 익숙해졌다. 다 내려놓고 사람들의 말에 휘둘리며 살면 가끔은 속이 편했다. 그런데 점점 사는 것이 우울했다. 통장에는 돈이 쌓여갔지만, 내 안의 무언가가 점점 빠져나가는 것이 느껴졌다. 자려고 누우면 이유 없이 눈물 나는 날도 많았다. 남편에게 사소하게 짜증내는 일이 많아졌고, 다툼도 잦아졌다. 이렇게 사는 것은 아니라는 생각이 들어 지푸라기라도 잡는 심정으로 병원을 찾았다.

처음에는 무슨 말을 해야 할지 몰라 두서없이 내뱉었는데 나중에는 말하다 보니 눈물이 계속 나왔다. 울고 싶지 않은데, 또 울고 있다고 난 왜 이렇게 약한지 모르겠다고 하소연했다. 하지만 묵묵히 내 말을 듣던 의사 선생님이 말씀하셨다. 약한 것이 아니라 당연하다고 말이다. 누구나 나 같은 상황에서는 힘들어 하고 또 운다고 말이다.

한동안 당연한 생각과 감정들을 잘못된 것이라 여기며 삭히고 살았다. 살기 힘든 요즘 다들 마음속으로 삭히고 낮추며 살아가는데 왜 너만 유난을 떠냐는 말도 들었다. 그런데 내가 나를 놓아 버리고 나 스스로를 불쌍히 여기는 순간 내 안에 있던 모든 의욕이 빠져나갔다. 의욕이 빠져나가면서 삶의 기쁨과 희망도 함께 나가버렸고, 그 빈 자리에는 대신 우울감이 차곡차곡 쌓였다.

초등학교 저학년일 때 퇴직을 앞둔 나이 많은 선생님이 계셨다. '한강의 기적'을 온 세계에 알린 해에 태어난 우리를 보시며 가난과 배고픔을 모르는 축복받은 세대라고 하셨다. 당시에는 선생님의 말씀을 다 이해하지 못했지만, 축복받았다는 말 자체는 와 닿았다. 그런데 얼마 지나지 않아 IMF가 찾아왔다. 급격히 올라가는 실업률과 이혼율의 잔인한 숫자는 큰 파도가 돼서 많은 가정을 휩쓸었고 무너뜨렸다. 그 거대한 파도에 우리 가정도 맥없이 휩쓸렸다.

어느 순간 우리나라 국민의 자살률이 급격히 올라 OECD 국가 중 1위를 차지하고 오랫동안 유지했다. 이런 잔인한 통계 앞에 가끔 축복받는 것이 이런 것일까 하는 생각을 하게 된다. 솔직히 어른들이 힘들다 하는 보릿고개를 나는 겪지 못했고, 굶주림으로 생명의 위협을 느껴 본 적도 없다. 그래서 감사하며 살려고 노력했다. 하지만 한 번씩 찾아오는 상대적 박탈감은 나의 자아를 형편없이 뒤흔들었다.

하루는 친한 동생 N이 엄청 속상해 하며 말했다. 취업하기 위해 포트폴리오를 만들어서 한 회사에 면접 보러 갔는데, 그 회사 면접관이 자꾸 트집을 잡는다고 했다. 뭐가 부족하고 뭐가 마음에 안 든다고 계속 말하기에 당연히 채용 안 할 줄 알았다고 했다. 그런데 며칠 뒤 실력이 부족한 N을 일하게 해 주고 많이 가르쳐 줄 것이라며, 대신 월급은 조금 주겠다는 연락이 왔다고 했다. 안 그래도 싫은 소리를 많이 들어서 기분 나쁜 상태인데, 그래도 너를 받아 주니 돈은 욕심내지 말라고 하니 기가 막힌다고 했다.

갑과 을은 보통 계약서상에서만 볼 수 있는 단어다. 고용계약서에서 통상 갑은 '돈을 주고 노동을 사는 자본가 내지 기업'을 뜻하고, 을은 '시간과 노동의 대가로 돈을 받는 노동자'를 뜻한다. 서로 본인의 것을 교환하는 것이기에 얼핏 보면 대등해 보이지만 언제부턴가 사람의 시간과 노동이 돈 아래에 놓이게 되었다. 그래서 갑은 을보다 더 높다는 인식이 생겼고, 소위 '갑질'이라고 불리는 행동을 하게 되었다. 분명히 시간과 노동의 대가로 돈을 받는데, 자꾸만 나의 감정과 자아의 희생, 열정까지도 요구한다.

전화로 분노를 토해 내는 M에게 결국 못 참고 회사를 뛰쳐나온 내가 해줄 수 있는 적절한 조언은 없었다. 그저 많이 속상할 것 같은데 자신을 낮추지 않고 열심히 자신의 일에 최선을 다하는 M이 대단하다고, 자신의 능력을 더 키우기 위해 퇴근 후에 무언가를 배워 자신의 가치를 올리려고 노력하는 M의 모습이 존경스럽다고 했다. M이 세상과 타협하고 자신을 내려놓기보다는 끝까지 자신을 지켜나가기를 진심으로 바란다.

자신의 가치를 돈 아래에 두지 않기 위해 노력하는 사람들을 보면 나이에 상관없이 대단하다는 생각을 하게 된다. 그리고 나도 저렇게 늘 노력해야겠다는 자극을 받게 된다. 나는 모태 흙수저이기 때문에 돈으로 돈을 버는 갑이 아니라, 내 시간과 노동으로 돈을 버는 노동자 을로 살아갈 것이다. 하지만 돈에 주눅들어 나를 낮추는 을이 되지는 않을 것이다. 그 누구도 나의 가치를 함부로 판단할 수 없다.

어느 날 영화 〈베테랑〉을 보다가 내가 정말 하고픈 말을 들었다.

"우리가 돈이 없지 가오가 없냐."

더는 타인에게 내 감정을 휘둘리지 말자. 나는 돈과 내 노동만을 교환할 뿐, 그 누구도 내 감정의 희생과 대가 없는 열정을 요구할 수 없다. 아무리 돈이 많은 사람도 내 인생을 통째로 살 수 없다. 그것이 바로 슈퍼 을의 마음가짐이다.

눈물을 흘리며 팽개쳤던 공부를 다시 시작하며, 원래 배우고자 했던 법보다는 사회에 대해 더 넓고 깊게 공부하기로 마음먹었다. 해놓은 것 하나 없어 보이는 내 삶을 다시 소중히 살아내기 위해 더 열심히 공부하자. 절대로 갑이 함부로 할 수 없는 슈퍼 을이 되기 위해서 말이다. 나는 그럴 가치가 있는 사람이니까.

강력한 믿음은 강력한 행동을 낳는다

인간의 한계는 어디까지일까?

뉴스를 보면 가끔 초인적인 힘을 발휘해서 위기를 극복하거나 남을 구출하는 사람들 이야기가 나온다. 그런 것을 보면 사람은 어떤 강력한 동기가 있을 때 절대 물리적으로는 설명할 수 없는 힘을 발휘한다는 것을 알 수 있다. 나는 겁이 많고 잠도 많다. 특히 어두운 것을 무서워해서 잘 때도 수면등을 켜 놓고, 영화도 공포물은 절대로 보지 않는다. 쉬는 날 하염없이 자는 나를 보며 남편이 '정글의 사자'냐고 사람이 어떻게 그렇게 자냐고 놀란 적도 있다. 그런 내가 지금 생각해 보면 도무지 이해할 수 없는 행동을 한 적이 있다.

고등학교 3학년이 될 무렵 읍내에 살던 우리 가족은 외진 곳으로 이사를 가게 되었다. 버스가 2시간에 한 번 오고 막차가 저녁 8

시면 끊기는 곳이었다. 학교에서 야간 자율학습을 하고 나면 집에
갈 방법이 없었다. 당시 학교도 읍내에서 조금 떨어진 외진 곳에 있
었는데, 야간 자율학습이 끝나면 학교 앞에 학원과 독서실 차들이
줄지어 서 있었다. 다른 애들은 늦은 저녁에 그 차를 타고 학원으로
이동해서 몇 시간 더 공부하고 집으로 갔다.

　할아버지께서는 내게 야간 자율학습을 하지 말고 집으로 일찍
오라고 하셨다. 하지만 담임선생님께서는 고3인데 수업만 끝내고
집에 가면 공부를 제대로 못 할 것 같으니, 학원은 못 가더라도 학교
에서 공부를 더 하다 가라고 하셨다. 나도 공부를 더 하고 싶었는데
이러지도 저러지도 못하고 있으니까 반 친구가 독서실 총무 자리를
소개해 줬다. 독서실에서 총무 일을 조금 도와주고 무료로 독서실
에 다니는 조건이었다. 야간 자율학습 끝나고 독서실 아저씨가 차
로 데리러 오시고, 일 다 끝나면 집까지 데려다 주시겠다는 조건이
붙었다. 조건을 듣자마자 일 초의 망설임도 없이 하겠다고 했다. 총
무실에서 일 조금씩 하면서 공부를 하면 교통도 해결되고 학교 자
율학습도 할 수 있으니 좋다는 생각이 들었다.

　그런데 막상 일을 해 보니 내 생각과 달랐다. 조금이라고는 했
지만 업무를 보느라 시간을 뺏겼고, 막상 마음 잡고 공부를 하려 하
면 집에 가야 해서 흐름이 끊겼다. 결국 주말에 집에서 이불과 옷가
지, 세면도구들을 챙겨 와서 독서실에 살림을 차렸다. 독서실에서
공부하다 지치면 이불을 깔아 놓고 자고, 모두가 집으로 가면 아무

도 없는 독서실 화장실에서 씻고 아침 일찍 일어나 학교에 갔다. 이
렇게 몇 달을 독서실에서 살다 보니 나는 유명인사가 되어 있었다.
여고생 한 명이 독서실에서 혼자 숙식한다는 소문이 온 학교에 퍼
지자 선생님께서 직접 찾아오시어 말씀하셨다. 너무 위험하니까 집
으로 돌아가라고. 하지만 수능이 얼마 남지 않았는데 꼭 좋은 대학
가고 싶다고 간절하게 말하니까, 선생님께서는 개인적으로 돈을 보
태 주신다고 학원에 다니라고 하셨다. 하지만 혼자 잘 해결할 수 있
으며 무슨 일이 생기면 바로 연락 드리기로 약속하고 계속 독서실
에서 버텼다. 대학 입학원서를 쓸 즈음, 그 선생님은 우리 집에 찾
아오셔서 공무원 시험을 보라 하시던 할아버지께 "본경이는 꼭 대
학에 가야 합니다"하시며 대학 입학원서 접수비를 할아버지 앞에
놓고 가셨다.

　감사하게도 고등학생 때 장학금을 많이 받았다. 선생님들께서
장학생을 추천하실 때 항상 나를 추천해서 받을 수 있게 해 주셨고,
교재나 문제집 견본이 들어오면 모두 나에게 주셨다. 그런데 전교 1
등이 아니라 상위권에 불과했던 나에게 모든 장학금을 주는 것을 두
고 어떤 학부모님이 이의 제기를 하셨나 보다. 선생님께서는 수업시
간에 장학금은 성적순으로 주는 것이 아니라 돈이 꼭 필요한 학생
에게 가는 것이라는 말씀까지 하시며, 장학금을 받지 않아도 충분히
공부할 수 있는 사람은 돈 몇 푼에 욕심 부리지 말라고 하셨다. 당시
반에서 학원에 가거나 과외를 하지 못하는 학생은 나뿐이었다.

그렇게 어렵사리 눈치를 보면서 받은 장학금을 놓고는 아빠와 크게 언쟁을 벌였다. 더 이상 아빠와 같이 살 수가 없다는 생각으로 가출하려고 마음먹고 집을 나섰다. 더는 내 환경을 못 참을 것 같아 어디든지 사라져버리고 싶었다. 그래서 같이 살던 사촌언니에게 짐을 챙겨 달라고 부탁한 뒤 울면서 선생님께 전화를 드렸다. 그동안 신경 써 주셔서 너무 감사했다고, 하지만 너무 힘들어서 더 이상 견딜 수 없어 집을 나가려고 하니 학교에 안 나가도 찾지 말아 달라고 말이다. 가만히 내 말을 듣고 계시던 선생님께서 말씀하셨다.

"지금 네가 얼마나 힘들지 선생님은 상상도 못 할 정도라 함부로 말을 못 하겠다. 하지만 한 가지 확실한 것은 너는 나중에 크게 될 사람이야. 지금 너무 아프고 힘들지만 이제 1년 반만 지나면 성인이 될 것이고 대학생이 돼서 네가 원하는 삶을 살면 돼. 선생님은 네가 해 낼거라고 믿어. 조금만 더 버텨보자."

따뜻한 선생님의 얘기를 듣고 그 자리에 주저앉아 펑펑 울었다. 짐을 들고 나타날 언니를 기다리며 공원에 있었는데 언니는 짐 대신 내 친한 친구를 찾아 나에게 보냈다. 그날 공원에서 몇 시간을 친구와 이야기하며 울었고, 할머니의 전화 한 통과 친구의 설득으로 집으로 돌아갔다. 다음날 학교에 가자 선생님께서 학교에 나와 줘서 고맙다 해 주셨다.

그때부터 나를 믿어주는 사람들을 실망시키고 싶지 않아서 열심히 공부했다. 그래서 혼자 해내겠다는 생각에 독서실에서 잠도 안 자고 공부하며 버텼다.

어릴 때는 헤어진 엄마가 그리워 눈물 흘리는 날이 많았다. 하지만 고등학생이 된 뒤로 좋은 대학에 가서 엄마를 다시 만나겠다는 생각을 하고 엄마를 잠시 잊었다. 그런데 엄마가 먼 친척으로부터 내가 독서실에서 산다는 말을 듣고 울면서 찾아오셨다. 미안하다고, 위험하니까 이런 곳에 있지 말라고 애원하는 엄마의 손에 이끌려 집으로 돌아갔다. 그렇게 수능 한 달 전에 생각지도 못하게 엄마를 만난 후 마음의 갈피를 잡지 못하게 됐다. 아무리 마음을 다잡아도 공부가 손에 잡히질 않았다.

결국 수능을 망쳤다. 왜 하필 그때 나타났느냐고, 한 달만 더 있다가 수능 끝나고 나타나지 그랬느냐고 엄마를 원망했다. 내 말에 엄마는 만약 엄마가 늦게 가서 무슨 일이 생겼으면 어떡할 뻔했냐고, 공부보다 안전이 우선 아니냐고 말씀하셨다. 그래도 한동안 수능 망치고 지방대 간 것도 모자라 여러 이유로 고생했던 것들을 생각하며 부모 탓 환경 탓을 많이 했다. 지금 와서 돌아보면 사건 사고 끊이지 않는 위험한 세상에서 별 탈없이 살아온 그 시간이 참 감사하다.

만약 지금 내게 다시 그때처럼 독서실에서 살라고 하면 자신이 없다. 지금은 대학이나 공부로 나 자신을 학대할 이유도 또 그럴 생각도 없기 때문이다. 하지만 아직도 나는 내가 소중한 사람이라는 사실을 잊지 않는다. 어떤 어려움이 오고 고비가 와도 끝까지 내 삶을 놓지 못했던 것은 이러한 강력한 믿음이 있었기 때문이다.

같이 공부하던 반 친구들 대부분 서울에 있는 대학에 진학하고 나 혼자 지방대학에 가게 되었을 때, 사람들 기대에 못 미쳤다는 미안함과 창피함이 컸다. 그래서 졸업식에서 의기소침하게 앉아 있었다. 하지만 그런 내 기분과는 상관없이 많은 사람이 특히 친한 후배들이 꽃다발과 선물을 잔뜩 들고 와 졸업을 축하해 주었다.

졸업식이 끝나고 집으로 가려고 무거운 발걸음을 돌렸는데, 한 선생님이 나를 붙잡아 세우시고는 손을 잡아주셨다. 당장은 노력했던 것에 걸맞는 결과를 이루지 못했어도, 어디에 가서도 꼭 잘 해낼 수 있을 거라 믿는다고 하셨다. 그리고 내가 대학교에 가서 열심히 놀 때도 선생님께서는 '잘 지내니? 끝까지 포기하지 말아라'고 여러 번 격려 문자를 보내셨다. 그 문자들은 내가 힘들 때마다 나를 일으켜세우는 주문이 되어 주었다. 이리 치이고 저리 치이고 또다시 실패를 경험했지만, 그런 나를 놓아 버리지 않았다. 그것은 내가 큰사람이 될 것이라는 강력한 믿음이 내 안에 심겨 있었기 때문이다.

나는 너무나 많은 사람에게 은혜를 받았다. 그 은혜를 갚기 위해서라도 나처럼 넘어지고 아파하는 사람들을 보면 꼭 품어주고 싶다. 그렇게 되기까지 많은 것을 더 경험하고 배울 것이다. 이제는 어떤 시험에 합격하거나 직업을 얻기 위한 공부가 아니라 진정한 인생 공부를 하고 싶다.

사람은 실수하지만 신은 실수하지 않는다. 세상에 실수로 잘못 태어난 사람은 없다. 누구에게나 신이 특별히 더 크게 주신 무언가가 반드시 있다. 여러 일을 겪으면서 나에게는 누구보다 위로하고 공감하는 능력이 탁월하다는 것을 느꼈다. 내가 손을 내밀면 감사하게도 많은 사람이 내 손을 잡아주었고, 어려움을 털어놓고 또 희망을 가져 주었다. 그 능력을 더욱 키워 말뿐만 아니라 글로도 더 많은 사람에게 희망과 기쁨을 주고 싶다. 자신에 대한 강력한 믿음은 놀라운 기적을 낳는다.

의지가 만드는 기적

가끔 TV나 인터넷 기사를 보면 자신만의 분야에서 달인이 된 사람들 이야기가 나온다. 입이 떡 벌어질 정도로 놀라운 기술들을 보고 있으면 대단하다는 생각밖에는 들지 않는다. 그런데 그 사람들이 처음부터 이렇게 잘했을까? 분명 처음에는 서툴고 어설펐을 것이다. 하지만 잘하고 싶다는 욕망 하나로 끊임없이 반복해 다른 사람들이 따라올 수 없는 능력을 개발한 것이다. 우리가 아무렇지도 않게 하는 행동들도 태어날 때부터 할 수 있었던 것은 아니다. 아무리 기묘한 일이 많은 세상이지만 아기가 엄마 뱃속에서 태어나자마자 말한다는 얘기는 결코 들어 보지 못했고, 앞으로도 들을 수 없을 것이다.

조카가 태어났다는 소식을 듣고 처음으로 신생아를 봤을 때의 놀라움을 잊을 수가 없다. 그토록 작은 아이가 조금씩 움직이며 바둥거리는 것을 보니 벅찬 감동이 밀려왔다. 이 소중한 생명은 앞으로 자라면서 주변 사람들에게 얼마나 많은 감동을 줄까? 모든 생명은 귀하고 소중하다.

'플라시보 효과'라는 것이 있다. 의학적으로 효과가 없는 가짜 약을 환자에게 주고 '이 약을 먹으면 틀림없이 나을 수 있다'고 하면서 복용하게 하였더니 실제로 환자의 병세가 나아졌다고 한다. 이는 긍정의 힘이 얼마나 대단한지를 증명해주는 것이다. 아무리 좋은 약을 먹어도 "이런 약을 먹는다고 내 병이 나아지겠어. 그럼 세상에 안 낫는 사람이 어디 있어?"하고 부정적으로 생각한다면 병은 절대 낫지 않을 것이다.

대학생 시절 동네 복지센터에서 봉사활동을 한 적이 있었다. 그곳은 부모가 일하느라 방과 후에 보살핌을 받지 못하는 아이들이 하교 후 오는 곳이었다. 거기서 아이들에게 공부를 가르쳐주고 숙제를 도와주는 것이 내 일이었다. 하루는 한 아이가 해맑게 웃으면서 오늘 본 수학 시험에서 0점을 받았다고 자랑을 했다. 어떤 아이가 20점을 받았다고 하자 자기가 더 못 봤다면서 자랑했다. 어렸을 적에 90점을 받아도 100점 받지 못했다고 슬퍼했던 나이기에 그런 아이들의 자랑이 당혹스러웠다. 가만히 보니 이 아이들은 기왕에 공부 못하는 거 누가누가 더 못하나 대결을 하는 것이었다.

신나게 자랑하는 아이를 앉혀 놓고 아직 초등학생이니까 지금

부터라도 열심히 하면 충분히 수학을 잘할 수 있다고 했지만, 학교
선생님도 너는 머리가 나빠 안 된다고 했으니 나보고 괜히 힘 빼지
말라고 했다. 억지로 공부시키지 말고 자기를 내버려두라고 말이
다. 이 말을 듣고 너무 안타까웠는데, 다른 곳에서 그 아이의 재능
을 발견했다. 그 아이는 항상 복지센터에 오면 공부는 하지 않고 열
심히 피아노만 쳤다. 악보가 없어도 당시 유행하는 가요를 잘만 치
는 것이 아닌가. 어디서 배웠냐고 물어 보자 TV에서 나온 노래를
듣고 자기 맘대로 치는 것이라고 했다. 피아노 잘 치는 것이 늘 부
러웠던 내가 보기에는 엄청난 능력이었다.

내가 이 아이보다 수학은 잘해도 피아노는 절대 따라가지 못할
것이다. 눈을 빛내며 피아노를 너무 잘 친다며, 너 같은 사람 처음
본다고 칭찬하자 아이는 부끄러워하면서도 좋아했다. 어머니께 말
씀드려 정식으로 잘 배워 보라고 하니까 이내 표정이 굳어지며 엄
마가 피아노는 돈이 많이 드니 절대 안 된다고 했다는 것이다. 집에
돈도 없고 공부도 못하니 학교 졸업하면 바로 취직할 것이라고 했
다. 일주일에 한 번 잠깐 공부만 도와주던 20대 초반인 내가 그 아
이에게 해 줄 수 있는 일은 아무것도 없었다. 꿈을 잃지 말라고 하
고 싶었지만 내 이야기를 들으려고 하지도 않았다. 누가 이 아이의
날개를 꺾어버린 것일까? 그저 너무 슬프기만 했다.

그 아이는 지금은 어디에서 무엇을 하고 있을까? 자신이 무엇을
하고 싶은지 몰라 방황하는 사람도 많지만, 자신이 하고 싶은 것이

있어도 실천에 옮겨 보지도 못하고 그냥 포기해버리는 사람도 많다. 특히 어린 시절에는 가까이 있는 어른의 한 마디가 절대적인 작용을 하기도 한다. 아이의 꿈과 희망을 보지도 않고 절망을 대물림하려는 사람들을 보면 참 안타깝다.

탈북 청소년들에게 공부를 가르쳐주는 봉사활동을 할 때 만난 기억에 남는 친구가 있다. 날씨가 좋은 어느 날, 점심 먹고 같이 봉사활동을 하는 선생님들과 함께 산책하러 나갔다. 조금 걷다가 그날따라 유난히 피곤이 몰려와 나만 먼저 오후 수업이 있는 강당으로 돌아왔다. 그런데 강당 한쪽에서 아름다운 찬송가 연주가 흘러나왔다. 한 탈북 청소년이 피아노를 치고 있었다. 분명히 북한에서는 찬송가를 배우지 않았을 것이고, 한국에 와서도 바로 하나원으로 와서 찬송가를 배울 기회가 없었을 것인데 참 의아했다.

조용히 듣고 있다가 너무 잘 친다고 칭찬하면서 어디서 배웠냐고 물어보니, 탈북해서 중국 어느 교회에 숨어 있을 때 들은 곡이라고 했다. 그 아이 역시 악보 없이 귀로만 듣고 치는 것이었다. 다만 이 아이는 북한에서 음악 학교에 다니며 피아노를 제법 배웠다고 했다. 북한에서는 꽤 잘 사는 집이었지만 본인이 배울 수 있는 것도 한계가 있고, 연주할 수 있는 것도 정해져 있어서 마음껏 피아노를 치고 싶어 탈북했다고 한다. 목숨을 걸어야 할 만큼의 위험을 감수하고 한국에 오자마자 자신이 치고 싶었던 곡을 마음껏 연주하는 것이다.

말할 수 없는 감동이 밀려왔다. 음악을 하나도 모르는 문외한인 나도 그 아이가 치는 곡이 아름다워서 홀리듯 들었다. 그리고 이제부터 연주하고 싶은 곡을 모두 마음껏 연주하라고, 그렇게 연습하면 최고의 피아니스트가 될 것이라고 칭찬해 주었다. 내 칭찬에 그 아이는 환한 미소를 지으며 연신 고맙다고 했다.

아마 그 아이는 한국에 와서 많은 편견과 어려움을 겪게 될 것이다. 하지만 좋은 연주를 하고 싶다는 그 생각 하나로 끝까지 꿈을 잃지 않았으면 좋겠다. 그 아이뿐 아니라 많은 사람이 자신의 재능을 함부로 하지 않고, 주위 사람도 함부로 남의 꿈을 비하하지 않았으면 좋겠다. 성심껏 도와주지는 못할망정 기죽일 필요는 없지 않은가.

열악하고 어려운 우리나라의 스포츠 환경에서도 포기하지 않고 최선을 다해 세계대회에서 금메달을 획득한 어린 선수는 금메달을 목에 걸고 눈물을 흘렸다. 많은 사람들이 그 선수에게 진심으로 박수를 보낸다. 나 역시도 그 선수로부터 희망을 얻었다. 당장 어렵고 힘들어도 나에 대한 강한 믿음 하나로 꿋꿋이 해 나간다면 언젠간 큰 빛을 발할 수 있을 것이다. 수많은 걱정과 근심은 버리고, 오직 한 번뿐인 소중한 내 인생을 오롯이 빛나게 할 생각만 하자.

Chapter 5,

가장 나다운 것을 찾아 떠나는 여행

♬

"힘겹던 시간 상처뿐인 지난 날

이젠 알아요 나에게 시련 준 이유

사랑하기 때문에 소중하기 때문에 강하게 날 만든거죠

아픈 눈물은 슬픈 기억은 때로는 이 삶에 거름과도 같죠

저마다의 몫으로 저마다의 의미로 살아갈 수 있도록

...

사랑하고 싶어요 이토록 소중한 내 삶

오늘은 비록 고달프지만

희망이 있다는 그것만으로도 내겐

충분히 감사하죠 충분히 행복하죠"

- 이영현, 제아의 '하모니' 노랫말 중에서 -

행복을 부르는 마법 '의욕'

의욕이란 무엇을 하고자 하는 적극적인 마음이나 욕망을 뜻한다. 우울증에 걸린 사람들에게는 어떤 것을 하고자 하는 마음 자체가 없다. 그러다 결국에는 살고 싶다는 마음조차 생기지 않아 극단적인 선택을 하는 것이다. 늘 이것저것 하고 싶은 것이 많았던 나는 앞으로 희망이 없다고 생각하며 모든 의욕을 내려놓았을 때 엄청난 우울감이 몰려와 허우적댔다.

"하고 싶은 것이 없어요. 솔직히 무엇을 해야 하는지도 모르겠어요."

어디선가 들었다. 청춘은 거저 주기에 아까울 정도로 너무 값지고 소중한 것이라고. 그만큼 젊다는 것은 엄청난 축복이다. 그래서 나이 많은 분들은 젊은 사람이 의욕 없다고 하면 나무란다. 젊은데 무엇을 못하느냐고, 뭐라도 해 보라고 말이다. 그런데 나도 그렇지만 요즘 젊은 사람들은 겁이 너무 많은 편이다. 실패에 대한 두려움이 너무 큰 나머지 시도조차 하지 않는다.

물론 당장 실패한 순간에는 도저히 극복할 수 없을 것 같은 생각이 든다. 그래서 보다 안정적이고 남들에게 인정받기 좋은 것을 선택하려 든다. 하지만 막상 선택한 일이 나와 잘 맞지 않을 때는 억지로 해야 하는 이중적인 감정에 휩싸인다. 더 큰 피로감과 좌절감에 포기하려는 마음이 생기는 것이다.

무엇을 할 때 즐거웠냐는 질문에 한참 동안이나 생각에 잠기는 친한 동생 P를 보며 깨달을 수 있었다. 열심히 공부만 하고 살아온 사람일수록 정작 자신이 좋아하는 일, 즐거운 일은 별로 해 본 적이 없다는 것을 말이다.

P는 자신이 원하는 공기업에 취업하려면 각종 자격증을 취득해야 하고, 또 기업 공채시험도 준비해야 하므로 해야 할 공부가 끝도 없이 많은데 자꾸 휴대폰만 보며 딴짓을 하게 된다고 말했다. 그러면서 그런 자신이 너무 한심하다고 했다. 어렵사리 주위 사람들에게 우울하고 힘들다고 속내를 드러내면, 우울할 틈이 어디 있냐고 그 시간에 공부하라는 말만 되돌아왔다 한다. 열정적으로 공부하고 미래를 개척해나가는 친구들과 그러지 못하는 자신을 번갈아 보며 자괴감이 들어 더 우울하다고 했다. 점점 혼자만의 시간이 길어

지며 자신에 대한 실망과 우울감이 커져 갈 때 나를 찾아온 것이다. 그러고는 열정적인 내가 참 대단하다고 했다. 그 말을 듣고 진심으로 고맙다고 전했다. 나보다 훨씬 나은 사람이 나를 좋게 봐주니 너무 기쁘다고 말이다. 그러자 P는 자신은 좋은 점이라고는 없는 사람이라며 고개를 내저었다.

조목조목 P의 장점을 얘기해 주며, 원래 자신의 장점은 안 보이고 타인의 장점만 잘 보이는 것이라고 말했다. 나 역시도 바쁘게 뭔가를 하며 살았기에 아무것도 아닌 나 자신을 몇 개월이나 바라보는 것이 너무 힘들었다고 이야기해 주었다. 끝나지 않을 것 같은 긴 터널 속을 걸어 오랜 시간이 지난 뒤 하나씩 뭐라도 해 볼 용기를 냈을 때, 비로소 민낯의 내 모습을 바라보고 스스로를 품어줄 수 있게 되기까지의 그 시간이 참 소중했음을 깨달았다고 말이다.

많은 사람이 나의 감정은 보지 못한 채 열정과 의욕만을 강요한다. 그 열정이 없어 고민하는 사람에게 열정을 가지라고 하면 좌절감밖에는 생기지 않는다. 사람은 누구나 힘든 시절이 있기 마련이다. 그 힘든 시간을 더욱 괴롭게 만드는 것은 모두 행복하게 잘 사는데 나만 힘들다는 느낌이다. 아무에게도 공감받지 못한 혼자라는 느낌은 자신의 문제를 직시할 여유마저 앗아간다.

한참 생각 끝에 P에게 말했다. 세상 잘나 보이는 사람도 결국에는 너와 똑같은 고민을 하며 살아간다고. 누구나 한 번은 엎어지는데, 조금 일찍 엎어져 참 다행이라고 말이다. 아무리 긴 터널도 결국에는 끝이 있듯이, 어둡고 긴 터널을 포기하지 않고 걸으면 결국 빛을 만난다고 말이다. 그리고 이 말은 모두 나 자신에게 하는 말이기도 했다.

인생은 그네와도 같다. 앞으로 높이 올라가기 위해서 더 멀리 뒤로 가야 한다. 큰 성공을 얻으려면 큰 실패가 뒷받침되어야 한다는 말이다. 그런데 사람들은 앞으로만 나아가려고 한다. 내가 지금 뒤로 많이 왔다면 힘차게 앞으로 높이 올라갈 생각으로 가슴이 벅차올라야 한다. 물론 슬프고 힘들면 펑펑 울어 버리면서, 지금 멈추지만 않으면 뒤로 온 만큼 또 앞으로 갈 수 있다.

유튜브로 대성하신 분의 강의를 들으며 깨달은 것이 있다. 당장 유튜브를 시작한다고 해서 명성과 금전을 얻을 수 있는 것은 아니고, 영상을 찍고 편집하는 것은 생각보다 시간과 노력을 많이 필요로 하지만, 그 과정이 지나고 막상 올려진 결과물을 보았을 때 자신이 해 냈다는 성취감을 느낄 수 있다고 했다.

그 말을 듣고 직접 영상 만들기를 시도해 보았다. 시에서 무료로 하는 유튜브 강의를 들으면서 편집 기술을 배우고, 영상을 찍고, 편집 기술을 터득하며 낑낑거리면서 만들었다. 나처럼 기계 다루는 데 영 젬병인 사람이 과연 해낼 수 있을까 했는데, 막상 해 보니 어설프긴 했지만 결과물을 얻을 수 있었다. 이렇게 한 영상을 만들고 나니 자신감이 생겨서 다음에는 여기저기 보이는 단점들을 보완해 더 잘해 봐야겠다는 생각이 들었다.

영상을 만드는 동안 내가 사람들에게 어떤 것을 전하고 또 말할 수 있을까 생각하면서 나라는 사람을 정면으로 바라보았다. 그렇게 바라본 나는 완벽하지는 않아도 꽤 괜찮은 사람이었다.

세상에는 해야 할 것이 참 많다. 살면서 원하든 원치 않든 누군가의 부모, 자녀, 친구, 학생, 직장인 등과 같은 지위를 얻게 되고 그에 따른 여러 의무도 지게 된다. 최선을 다해 열심히 해 보지만, 모든 것을 다 해낼 수는 없다. 하지만 절대 못나서 그런 것이 아니다. 우리는 사람으로 태어나 많은 의무를 지게 되었지만, 그와 동반하여 존재를 존중받으며 다양성을 인정받고 성취감을 느끼며 행복해야 할 권리도 동시에 얻었다. 그 권리를 포기한 채 의무만을 쫓을 때 우리는 무기력해지고 불행함을 느낀다. 세상에 누구도 불행하려고 태어난 사람은 없다. 모두가 행복해지고 사랑받기 위해 태어난 사람들이다.

'꿈'이란 것은 실현하고 싶은 희망이나 이상을 말한다. 꿈이 이루어지지 않을까 걱정하기도 하고 이루어지지 않아 낙담하는 사람도 있다. 그런데 꿈을 꾸기는커녕 자신이 무엇을 좋아하는지조차 모르는 사람도 많다. 또 어떤 사람은 먹고사는 것이 바빠 꿈꾸는 것조차 사치라고 한다.

유튜브와 팟캐스트 등 많은 것을 배우러 다녔지만 주변 모두에게 내 동향을 알리지는 않았다. 특히 내가 쓸데없는 짓을 하고 다닌다고 타박할 사람들에게는 입도 뻥긋하지 않았다. 이런 것들을 배운다고 당장 돈이 되는 것도 아니니 그런 반응도 무리는 아

니지만, 눈앞의 이익만 바라보고 산다면 내 삶이 너무 재미 없어
지지 않을까.

기계로 하는 것은 뭐든 잘하지 못한다고 단정했던 내가 디자인
을 배우고, 각종 컴퓨터 프로그램들을 익히며 자격증을 따고, 영상
편집을 해 보면서 다양한 기술을 익히자 점점 뭐든지 할 수 있겠다
는 자신감이 붙었다. 이런 것들을 통해 당장 눈앞에 보이지 않는 꿈
을 찾으며 낙담할 시간에 성취감을 느낄 수 있는 작은 것이라도 하
는 것이 내게는 기쁨이었다.

10년 뒤에 이룰 거창한 꿈보다는 당장 내일 이룰 수 있는 꿈을
세워 보자. 작은 것들을 하나씩 이루며 성취감을 느꼈을 때 막연했
던 나만의 꿈을 만날 수 있을 것이다. 나를 행복하게 해 줄 수 있는
것은 바로 의욕이고, 이 의욕은 작은 성취감에서 시작된다. 앞으로
작은 성취감들을 모아 의욕을 만들고, 그 의욕을 통해 더 큰 성취를
이룰 것이다. 그것만이 내가 더 행복해질 수 있는 길이니까.

내겐 눈물이 많이 있습니다

"상처가 사랑이 되다."

실화를 소재로 한 영화 〈폴란드로 간 아이들〉 포스터에 적힌 한 마디 문구가 인상 깊었다. 영화 내용은 한국전쟁 당시 북한의 고아들이 폴란드로 보내졌는데, 폴란드 교사들은 정치적인 이유와 상관없이 진심으로 타국의 고아들을 사랑으로 보살폈다고 한다. 당시 폴란드 교사들도 유년 시절 전쟁을 겪었기에 전쟁이 주는 상처와 아픔을 잘 알았고, 자신과 같은 상처를 받은 타국의 아이들을 어떤 목적이나 계산 없이 사랑으로 보살피게 되었다.

어느 범죄심리학 책에서 끔찍한 범죄를 저지른 범죄자 중 대다수가 불우한 유년 시절을 보냈다는 글을 본 적이 있다. 부모의 상처가 자식에게 대물림되기 때문에, 가정환경이 그토록 중요하다는 것이다. 실제로 상처받은 아이들이 엇나가는 경우도 많이 봤다. 그만큼 어릴 적 상처는 한 인간을 망가뜨리고 그 삶을 어둡게 만든다.

이런 이유로 상처는 꼭 극복해야 하는 것으로 늘 생각했는데, 오히려 그 상처가 사랑이 될 수 있다는 말이 크게 와닿았다. 돌아보면 많은 상처 때문에 참 많이 울었다. 이런 눈물이 고여 깊은 웅덩이를 만들었고, 내 눈물뿐만 아니라 타인의 눈물을 받아줄 수 있는 사람이 되었다. 타인의 눈물을 내 마음속에서 증발시키는 것이 아니라 덤덤히 그 눈물을 받아 가슴속 웅덩이에 간직할 수 있게 되었다.

한때는 눈물 많은 나 자신이 너무 싫었다. 어릴 때부터 험한 세상 이겨내려면 강해져야 한다고 들었고, 나 역시도 작은 일에는 표정 하나 변하지 않는 철인처럼 되고 싶었다. 그런데 툭하면 눈물 흘리는 나 자신이 약해 보이고 한심해 보이기까지 했다. 그래서 울지 않기 위해 꽤나 노력했다.

눈물을 흘리지 않는 가장 좋은 방법은 공감하지 않는 것이다. 어떤 말을 듣거나 슬픈 내용을 보아도 그것은 나와 상관없는 일이라고 회피하거나 무시하면 눈물을 흘리지 않아도 된다. 그래서 웬만하면 일을 회피하려고 했고, 타인에게 모질게 대하며 공감하지 않으려 했다. 이것은 나에게 부메랑이 되어 돌아와 나 자신에게까지 모진 말을 하고 내가 닥친 일을 회피하려고 했다. 지금 생각해보면 뭐 그렇게까지 울지 않으려고 애썼는지 모르겠다.

남을 이겨야 한다는 압박에 익숙해진 사람들은 어느새 모든 부분에서 경쟁하려고 한다. 나 역시 경쟁을 해서 이겨야 살아남을 수 있다는 생각에 애써 눈물을 지우고 강해지려고만 했다. 하지만 내가 눈물이 많다는 것은 타인에 대한 공감능력이 좋다는 것임을 최근에 깨달았다. 타인의 눈물을 닦아주고 함께 울고 품어주면서 기쁨을 느끼는 사람이 애써 혼자 잘나려고 발버둥치니 얼마나 힘들었겠는가!

취업 준비생 시절, 입사 지원할 때 자기소개서를 참 많이도 썼다. 자기소개서를 쓸 때마다 가장 힘들었던 것 중 하나가 나의 장점, 단점을 적는 부분이었다. 사실 내가 가진 어떤 부분이 장점이고 어떤 부분이 단점인지 잘 모르겠다. 어떻게 생각하느냐에 따라 장점이 될 수도, 단점이 될 수도 있다고 생각해서다. 그리고 내가 장점으로 쓴 내용을 회사에서 장점으로 봐줄지도 의문이고.

자기소개서 잘 쓰는 방법 중 첫째가 회사가 원하는 인재상에 맞게 나를 표현하는 것이다. 회사마다 특성이 다르니까 그 특성에 맞춰서 나를 포장하는 것이다. 그래서 어느 순간 자기소개서가 자기소설서로 변질되어 버린다. 입사하기 전에도, 입사한 후에도 자꾸 상대방이 원하는 모습으로 보이려고 나를 꾸며야 하니 사는 것이 피곤해진다.

사람은 가까운 사람에게서 상처를 많이 받는다. 특히 가족에게 받은 상처는 너무 아픈데, 의외로 사랑하기 때문에 상처 주는 경우가 많다. 나이 많은 분들일수록 사랑하는 자녀에게 본인의 방식으로 사랑을 표현한다. 칭찬 한마디 해주면 그 자리에서 안주하게 될까봐, 모진 말로 사랑하는 자식에게 상처를 주고, 결국 관계가 소원해진다.

우리 사회에서 약자는 쉽게 도태된다. 특히 다수가 강자로 군림하는 곳에서 다수에 속하지 못한 소수는 무시당하거나 약자 취급을 받기 일쑤다. 그래서 늘 강한 쪽에 들어가기를 희망하는데, 대체 누가 강자이고 약자인가? 강하다는 것은 또 무엇인가?

어릴 때 읽은 우화 중에 해와 구름 이야기가 있다. 해와 구름이 지나가는 사람의 외투를 벗기자고 내기하는 내용이었다. 구름이 아무리 강하게 바람을 불어도 사람의 외투는 벗겨지지 않았다. 오히려 바람이 강해질수록 사람은 외투가 벗겨지지 않도록 외투를 더여몄다. 하지만 해가 강하게 빛을 비추자 덥다면서 그 사람은 외투를 벗었다. 처음 이 동화를 읽었을 때는 따뜻함이 바람을 이겨서 더 강하다고 생각했다. 하지만 지금은 햇빛도 바람도 적당히 있을 때 가장 이상적인 것을 알기에 햇빛이 더 강하다는 생각을 하지는 않는다. 무엇보다 둘 다 필요하므로 어떤 것이 더 강한지를 판단할 필요조차 없다.

많은 사람이 험한 세상을 살아가려면 강해져야 한다고 이야기한다. 그래야 정글 같은 세상에서 살아남을 수 있다고 말이다. 일희일비하지 않고 감정에 휩싸이지 않는 사람을 강하다고 생각하는 경향이 있는 것 같다. 그래서 감수성이 풍부하고 눈물 많은 나는 약한 사람으로 보였을 것이다. 이 정글 같은 세상에서 살아남기 위해, 시 쓰기 좋아해서 여러 대회에 나갔던 내가 공부한다는 핑계로 시 쓰는 것을 멈추었고, 돈이 되지 않는다는 이유로 문학을 등한시했다. 시와 문학을 내려놓으니 내 감수성은 점점 메말라갔지만, 나 자신은 점점 강해지고 있다고 믿었다.

하지만 어려운 일을 겪으며 또 눈물 흘리는 내 모습은 전혀 강해 보이지 않았다. 나는 어쩔 수없이 약한 사람이었을까? 지인 한 분이 이렇게 말씀하셨다. 너무 강하려고만 하면 부러진다고. 그순간 느꼈다. 강하게 보이려고 꼿꼿하게만 서 있으니, 바람이 불 때마다 쓸리고 부러지고 아픈 것이라고 말이다. 그래서 그 뒤로는 내 감정이 흘러가는 대로 내가 느끼는 것을 소중히 여기고 받아들이기로 했다. 흔히들 말하는 강한 사람이 어려움이 닥쳤을 때 쉽게 이겨 내는 것이 아니라, 부드럽게 상황을 이해하고 받아들일 수 있는 사람이 큰 어려움도 쉽게 극복할 수 있음을 깨달았다. 그래서 강해지고자 하는 행동을 멈추었다. 대신에 잃어버린 눈물을 찾아오는 중이다. 타인의 아픔에 공감하고 함께 눈물 흘리는 내 모습을 사랑하기로 했다. 내가 나를 받아들이고 사랑하니 그 누구보다 나 자신이 커 보였다.

인상 깊은 영상이 있다. 극도로 추운 남극에서 황제펭귄 수백 마리가 추위를 이기고자 서로 기대고 서 있었다. 옷이나 집이 따로 없기에 그들은 서로의 체온으로 버티며 서 있었다. 하지만 가만히 있지 않고 안쪽에서 바깥으로, 바깥에서 안쪽으로 계속 움직였다. 그렇게 해서 따뜻한 안쪽에 있던 펭귄이 추운 쪽으로 나가 추위에 떨었던 동료를 안쪽으로 보내 따뜻하게 해 주었다. 만약 안쪽에 있던 펭귄이 따뜻함이 좋아 끝까지 그 자리에 있었다면 바깥에 있던 펭귄들은 추위에 다 얼어 죽었을 것이다. 그리고 결국 본인도 추위에 얼어 죽는다. 그 모습을 보면서 사람도 이 펭귄들과 다를 것이 없다는 것을 느꼈다. 서로 자신이 가진 것으로 타인의 부족한 부분을 채워 주었을 때 함께 살 수 있다. 사람은 절대 혼자서는 살아갈 수 없는 존재이니까.

나는 약하고 부족함이 많은 사람이지만 많은 사람들이 나의 부족함을 채워주기에 살아갈 수 있다. 내가 가진 상처와 눈물이 때로는 타인에게 힘이 될 수 있기에 나는 보잘것없는 사람이 아니다. 강한 사람만이 살아남는 것도 아니고 강한 것만이 능사가 아니다. 만약 정글에 강하디 강한 육식 동물들만 남아 있다면 생태계는 파괴되고 모두 죽을 것이다. 그러니 사랑하는 사람에게, 그리고 세상에서 제일 소중한 나 자신에게 강해져야 한다면서 상처 주지 말자.

톱니바퀴가 맞물리며 큰 에너지를 내듯이 우리 모두가 함께 맞물려 살아가면 더 큰 에너지를 낼 수 있다.

나를 위해 하루 한 번 감사하기

그날도 여느 날과 다름없는 평범한 하루였다. 친구와 신나게 수다 떨면서 횡단보도를 건너고 있었다. 그런데 우리를 못 봤는지 오토바이가 바로 앞에서 급정거하면서 넘어졌다. 주위 사람들이 다 몰려들어 괜찮은지 물었다. 다행히 헬멧을 쓰고 계셨던 오토바이 운전자는 괜찮아 보였다. 부딪치지 않은 우리도 아무 이상 없었다. 하지만 친구는 조금 놀란 듯했다. 조금만 더 빨리 걸어서 앞으로 갔다면 큰 일 날 뻔했다며 몇 번이고 가슴을 쓸어내렸다. 반면 나는 이런 일이 한두 번이 아니기에 덤덤했다.

여섯 살 무렵이었나 아파트 단지에서 넘어진 내 위로 차가 지나갔다. 다행히 너무 왜소했기에 차와 접촉 없이 그대로 내 위를 지나갔다. 주위 어른들이 놀라 괜찮은지 물으셨는데, 다친 곳은 없었지만 너무 놀라 엄마를 보고 크게 울음만 터뜨렸던 기억이 난다. 또 초등학교 저학년일 때 가족이 바다로 놀러갔다. 워낙 물을 좋아했 기에 동생과 튜브를 매고 바다에 뛰어들었다. 작은 몸이 파도에 휩 쓸려 앞으로 나오는 것이 너무 신났다. 그런데 한참을 그러고 놀았 는데 파도의 역류에 휩쓸렸다. 파도는 늘 해변으로 치는데 왜 바다 깊숙이 빠지는 것일까 궁금했는데 해변으로 나가는 파도 틈으로 역 류하는 지점이 있다. 그 역류에 휩쓸리면 손 쓸 사이도 없이 바다 깊숙한 곳으로 휩쓸려 가 버린다. 그 중요한 과학 원리를 몸소 경험 했다. 정신없이 역류에 휩쓸려 깊은 바다 쪽으로 가던 중에 조금 깊 은 곳에서 헤엄치고 있던 사람과 충돌했다. 그 사람은 화가 나서 내 튜브를 잡고 해변 쪽으로 던지다시피 밀었다. 지금 생각해 보면 큰 사고로 이어질 뻔했다.

그 뒤로도 자전거를 타고 가다가 도로 옆 낭떠러지에 떨어졌지 만 돌에 안 떨어지고 푹신한 흙 위로 떨어져서 큰 외상이 없던 일, 길 걸어가는데 바로 뒤로 유리창이 떨어지며 와장창 깨진 일 등 등…. 그 친구에게 아슬아슬하게 위험을 피한 일들을 말했더니, 내 말을 들은 친구는 넌 꼭 살아야 하는 사람인 것 같다고 말했다.

큰일 없이 끝난 사건들이기에 한동안 내 기억 속에 묻혀 있었 다. 하지만 정말 죽고 싶은 순간에 힘든 과거를 떠올리면 늘 그 일 들이 기억났다. 친구가 한 말도 같이 기억이 났다. 문득 '신은 나를 살리기 위해 갖은 노력을 했는데 내가 그 고마움을 모르고 죽는다면 신은 나를 크게 혼내겠지'라는 생각과 함께 그러면 '그러게 왜 이렇게 힘든 일 겪게 했냐고 따지면 되지' 생각했다. 그런데 신이 '앞으로 기쁠 일이 줄줄이 있는데 네가 그것들을 다 포기하고 와 버렸다'고 할 수 있겠다는 생각도 들었다. 실제로 힘든 시절 어떻게든 버텨내고 나니 아주 미세하게 삶이 나아짐을 느꼈다. 무엇보다 검은 면만 보고 우울했는데 살짝 뒤집어 보니 핑크빛이 보였다. 뒤늦게 깨달은 거지만 모든 일에는 양면이 존재한다.

지금 집으로 이사 오면서 방 하나는 아기방으로 하려고 했다. 하지만 유산하고는 오랫동안 방을 비워 뒀다. 문을 닫아 놓은 채 들어가지도 않았다. 한동안은 태아보험 가입하면서 받은 아기 옷만 봐도 눈물이 나서 그 방에 들어갈 용기가 나지 않았다. 그리고 몇 달이 지난 후 태몽을 꿨다. 너무 기뻤는데 그 태몽은 내 것이 아니었다. 농담으로 올케에게 둘째 생겼냐고 했는데 육아로 힘들어 하던 올케는 손사래 치며 아니라고 했다. 하지만 그 태몽은 정말 내 것이 아닌 동생네 둘째였다.

남편이 나에게 조심스럽게 괜찮냐고 물어봤다. 솔직히 기분이 좋을 턱이 있나. 하지만 첫째 아이를 키우면서 임신 초기 몸이 안 좋아 고생하는 올케에게 전화해서 힘내라고 했다. 지금 상황에 상심하지 말고 아이가 없어서 자유로운 생활하는 것에 일단 감사하기로 했다. 이 상황 또한 양면성을 가지고 있으니까. 그리고 닫아 놓았던 방문을 열고 구석구석 청소했다. 내가 좋아하는 책을 한 편에 가지런히 꽂아 놓고, 책상을 사서 컴퓨터도 설치하고, 어릴 때부터 꿈이었던 나만의 서재 공간을 만들었다. 아기방으로 비워놓겠다고 우기던 내가 갑자기 변하니까 남편이 놀라서 왜 그러냐고 물어봤다.

"언제 올지 모르는 상황을 하염없이 기다리면서 지금의 상황을 탓하는 것을 그만두려고. 내가 지금 상황에 만족하고 감사하며 지낸다면 축복이도 다시 올 거야. 이 방은 내 서재로 신나게 쓰다가 축복이가 오면 또 감사하며 아이 방으로 바꿀 거야."

세상에 당연한 것은 없다. 안 좋아 보이는 상황에서도 당연하게 생각했던 것을 감사하기 시작하니까 우울감이 조금씩 사라졌다. 내가 가지지 못한 것만 생각할 때는 내가 가진 것이 보이지 않았고 감사할 것도 없었다.

하루는 친한 동생이 함께하는 모임에서 자꾸 육아 이야기를 해서 미안하다고 했다. 내 앞에서 잘 안 하려고 했는데 본인이 아이 키우며 집에만 있다 보니 할 이야기거리가 육아밖에는 없다고 말이다. 그 말을 듣고 내 상처를 신경 써 주는 동생이 참 고마웠다. 그리고 진짜 괜찮다고 했다. 나도 아기를 간절히 바라고 있지만, 막상 생기면 똑같이 하소연할 것 같다고. 그때 내가 하소연하면 잘 들어달라고 했다. 지금도 아기가 갖고 싶지만 없다고 불행하지는 않다. 그리고 내가 가지고 있지 않아 아프다면 남은 가지고 있어서 아플 수도 있다.

많은 사람이 자신의 상처가 남의 상처보다 크고 더 힘들다고 비

교하는데, 세상에 아픔을 비교할 수 있을까. 서로 다른 방법으로 아
프고 힘들 뿐이다. 그 사실을 받아들이고 인정하니까, 아기가 없는
대신 가질 수 있는 자유와 시간을 감사하니까, 세상 나만 힘든 것은
아니라는 생각이 들었다.

살면서 당연하게 받아들이던 것에 대해서도 감사하자. 하지만
여기서 주의해야 할 것은 감사는 내가 하는 것이지 절대 남에게 감
사를 강요해서는 안 된다는 점이다. 지금이야 이렇게 이야기할 수
있지만, 막상 유산했을 때는 문제 있는 아기는 낳아도 고생이라며
차라리 빨리 떨어진 것이 낫다고 누군가 이야기하는 것에 무척 화
를 냈다. 애 키우려면 힘든데 아기 없어 자유로우니 얼마나 좋냐고
하는 말도 듣기 싫었다.

내가 시간을 들여 내 상처를 품어주고 그 안에서 감사하게 되면 상
대방의 상처도 품어줄 수 있는 마음의 여유가 생긴다. 이런 마음이 쌓
이고 쌓이면 결국은 내 삶을 사랑하게 되고, 우울감도 극복할 수 있
다. 아울러 더 열심히 살고 싶은 의욕도 생긴다.

오랜만에 집 구석구석을 청소하다가 생각지도 못한 곳에서 상
품권을 발견했다. 회사 다닐 때 보너스로 받았는데, 어디 두었는지
를 몰라 잃어버린 것으로 단념한 터였다. 따져보면 원래 내 것이었
는데, 하늘에서 뚝 떨어진 것처럼 너무 기뻤다. 집을 오랫동안 치우
지 않으면 먼지가 쌓이고 더러워지는 것도 모자라 이렇게 물건도
잃어버리곤 한다. 이처럼 내 마음에도 가끔 대청소가 필요하다. 신

기하게도 구석구석 찾아보면 꼭 감사할 것이 보인다. 물론 '난 절대 감사할 것이 없어. 난 너무 우울해!'하고 색안경을 쓰면 절대 찾을 수 없지만….

너무 시력이 안 좋아지고, 우울함으로 안경이 어두워져서 감사할 것이 보이지 않는다면, 오늘도 내게 소중한 하루가 주어졌음에 감사하는 것은 어떨까. 남들은 이해도 못할 많은 어려움을 겪었지만 이렇게 숨 쉬고 있다는 건, 나는 반드시 살아야 할 이유가 있는 매우 특별한 사람이라는 의미이다.

칭찬, 또 칭찬하라

'칭찬은 고래도 춤추게 한다'는 말이 있다. 나는 이 말을 조금 바꾸고 싶다. '칭찬은 모두를 춤추게 한다'고 말이다. 춤은 신나고 기쁠 때 춘다. 춤이 직업인 사람이 아니라면 일상생활에서 슬퍼서 춤추는 사람은 정신이 온전하지 못한 사람일 것이다. 이처럼 칭찬은 많은 사람을 기쁘게 하고 행복하게 만드는 마법의 주문 같다.

20대에 여러 사람과 함께 멀리 지방으로 간 적이 있다. 여러 팀이 있었는데 내가 그중 한 팀의 팀장을 맡았다. 멀리까지 선한 목적으로 봉사하러 갔지만, 성격도 나이도 다른 사람들이 며칠 함께 있으니 이런저런 말들이 많아지면서 아무래도 곧 탈이 날 것 같았다. 다른 팀도 마찬가지여서 벌써 어떤 팀은 팀원끼리 싸움이 일어나서 아주 곤란해하고 있었다.

고민 끝에 한 가지 방법을 생각해 내고, 우리 팀원들에게 제안을 했다. 종종 시간 날때마다 팀원 한 사람씩을 지목해서 서로 칭찬하자고 말이다. 한 사람을 지목해서 한 가지 칭찬을 하면 지목받은 사람은 자신을 지목한 사람이 아닌 다른 사람을 지목해서 칭찬하는 방식이다. 하지만 절대 다른 사람과 비교하거나 비방은 해서는 안 된다. 어린 동생들뿐 아니라 나보다 나이 많은 언니, 오빠들도 내 말에 동의해 주었다. 그리고 쉬는 시간에 열심히 따라서 해 주었다.

결과는 생각보다 놀라웠다. 상대방을 칭찬하기 시작하니까 정작 칭찬한 사람도 기분이 좋고, 칭찬받은 사람은 더 즐거워하는 것이다. 서로 기분이 좋으니까 분쟁거리가 생겨도 오해없이 잘 풀고 넘어갈 수 있게 되었다. 모두가 즐거워하는 것을 보며 칭찬의 위대함을 느꼈다.

칭찬받았을 때의 짜릿함과 즐거움은 말로 표현할 수가 없다. 나는 손해보는 것 하나 없고 결과는 너무 좋으니 가성비 최고인 것이 칭찬이다. 그런데 사람들은 보통 칭찬에 인색하다. 진심이 담긴 칭찬의 힘을 깨닫는다면 그렇게 해서는 안 될 일이다.

지난 설에 시부모님께서 세뱃돈을 두둑하게 주셨다. 일 년 동안 우리 부부가 드린 용돈을 다 쓰지 않으시고 일부를 모아 놓으셨다면서 주셨다. 감사하다며 넙죽 그 돈을 받았는데 남편이 받기 싫다고 돌려드리라는 것이다. 하지만 시부모님은 이미 준 돈 다시 안 받는다고 하셨다. 양쪽의 기 싸움 사이에 껴서 생각없이 돈을 받아버린 나는 눈치만 보고 있었다. 그러다 또 말이 먼저 튀어나와 버렸다. 모두가 만족할 수 있도록 이 돈으로 다 같이 가족여행을 가면 어떠냐고. 덕분에 온 가족이 제주도 여행을 다녀왔다. 좋은 호텔에 묵으며 비싼 음식을 먹지는 않았지만 어머님께서 너무 좋아하셨다.

　얼마 뒤 친정엄마가 오랫동안 하신 일을 접고 한동안 쉬게 되셨다. 한 번도 엄마와 여행을 가 본 적이 없기에 아껴놨던 퇴직금을 꺼내 다시 엄마와 제주도 여행 계획을 세웠다. 그때 최고의 여행이었다고 칭찬해 주시는 시어머님이 떠올라서 함께 가시지 않겠냐고 말씀드렸다. 이렇게 시어머니, 친정엄마와 함께 여자 셋의 다소 위험한(?) 여행이 시작되었다.

　처음 여행 계획을 말했을 때 대부분이 우려했다. 하지만 결과는 모두가 만족한 여행이었다. 갑자기 태풍이 몰려와 모든 비행기가 결항되는 바람에 여행 일정이 꼬였다. 하지만 두 분 모두 불평하지 않고 열심히 뛰어다니며 사태를 수습하는 나를 칭찬해주셨다. 우여곡절 끝에 겨우 제주도에 도착했는데, 친정엄마는 신이 나서서 말씀이 끝이 없으셨다. 솔직히 잠도 별로 못 자고 피곤한데 끊임없이 말을 이어가는 엄마가 좀 부담스럽게 느껴지기도 했다. 그런데 시어머님이 친정엄마에게 에너지가 넘쳐 보여 참 보기 좋다고, 덕분에 여행이 즐겁다고 칭찬을 하셨다. 신이 난 엄마는 여행 내내 쉴틈 없이 말씀하셨다. 친정엄마를 보며 내가 누굴 닮아 이렇게 말이 많은지 뼈저리게 느꼈다. 그리고 친정엄마는 시어머님께 속 깊고 인품이 좋으시다고 많이 칭찬하셨다. 특히 나를 잘 챙겨줘서 고맙다고 하셨는데, 어머님이 되레 내가 너무 잘한다고 칭찬하시면서 같이 여행 오자고 해줘서 너무 고맙다고 말씀하셨다.

아껴 둔 퇴직금을 쓰면서 거창하게 계획을 세웠음에도 일정이 꼬이는 등 계획대로만 되지는 않았지만, 모두가 만족한 여행이었다. 정말 값지게 돈을 썼다는 생각이 든다. 여행 후 두 엄마는 엄청 가까워지셔서 서로 잘 챙기신다. 시댁과 친정 사이에서 힘들다는 사연들도 있던데, 그런 고민 하나 없는 나는 참 행복한 사람이다.

우연한 기회로 시작된 하나원 봉사활동을 생각보다 길게 하게 됐다. 그러면서 정말 많은 사람을 만났는데, 훌륭한 분들과 함께 봉사할 수 있었던 시간이 참 감사했다. 매주 토요일 하루를 함께 보내고 수업 준비하기 위해 평일에 또 만나고 하면서 봉사자들과 친해지고, 많은 이야기를 나눌 수 있었다. 그 시간은 자존감이 매우 낮았던 내가 전화위복할 수 있는 기회를 주었다.

봉사자 중에 특히 내가 좋아하는 동생 Q가 있었다. 외국에 나가 본 적도 없고 영어를 포함하여 외국어를 잘하지 못하는 나와 달리 해외 경험이 많고 다양한 언어를 구사하는 소위 능력자였다. 나보다 나이가 어리지만, 머리 좋고 항상 밝은 Q가 우러러보였다. 하지만 Q는 오히려 나의 가정사와 내가 살아온 이야기를 듣고는 내가 너무 존경스럽다고 했다. 내가 이룬 외적인 요건이 아닌 내 생각과 마음을 진심으로 존중해주는 사람을 만나고 그걸로 칭찬을 받으니 너무 감사하고 행복했다.

하지만 Q는 한 번도 연애해 본 적 없다는 나를 이해하지 못했다. 그러면서 존중받고 사랑받으며 행복하게 살아야 한다고 착한 사람을 소개해주겠다고 했다. 하지만 내 주제에 그런 사람을 어떻게 만나냐고 거절했는데 여러 번에 걸쳐 끈질기게 나를 설득했다. 로스쿨 시험이 끝나고 낙담해 있는 내게 전화를 걸어 집에만 있지 말고 좋은 사람 한 번 만나 보라고 했다. 그래서 울적한 마음 달래려 기대 없이 나간 그날 내 인생을 크게 바꿔 줄 사람을 만났다.

어색한 첫 만남 이후 상대방에게서 바로 연락이 없었기에, 그를 다시 만나게 될 거라 생각하지 않았다. 하지만 내 말을 들은 Q는 상대 남자에게 연락을 해 정말 좋은 언니라 소개시켜 준 것인데, 이런 식으로 대접하지 말라고 이야기를 했단다. 그래도 마음에 안 들면 바로 다른 사람 소개해 주겠다고 말이다. 그 말을 들은 상대 남자는 더 고민하다가는 놓치겠다는 생각이 들어 바로 내게 연락을 했다. 그 뒤로 여러 번 만나면서 관계가 차츰 호전되었다.

점점 시간이 지날수록 상대방이 좋아졌고 그럴수록 불안해졌다. 나의 나쁜 환경을 다 보고 도망쳐버리면 어떡하지 생각이 들어 두려워졌다. 그래서 용기를 내어 먼저 연락했다. 나의 가정사와 현 상황을 모두 이야기하고 울면서 상처받기 싫으니까 이런 내가 마음에 들지 않는다면 지금 떠나 달라고 부탁했다. 하지만 내 전화를 받은 그의 반응은 정반대였다. 진심으로 존경스럽고 자신과 너무 다른 삶을 보며 많이 깨달았다고 앞으로 계속 함께하고 싶다고 했다. 절대로 놓치지 않겠다고.

그 뒤 만남이 이어지면서 우리는 서로의 가장 큰 팬이 되었다. 남자친구는 나를 한동안 '구존경'이라고 불렀다. 그러면서 이렇게 존경할 것이 많은 사람인데 왜 기가 죽어 있냐고 억지로라도 자신에게 칭찬할 점을 찾아보라고 강요했다. 처음에는 그게 너무 귀찮고 어려웠다. 하지만 마지못해 하나씩 내 장점을 찾고 칭찬하다 보니 생각보다 내가 참 괜찮은 사람이라는 생각이 들게 되었다. 그리고 반대로 남자친구가 취업 준비를 하며 힘들어 하고 직장 문제로 낙담하였을 때 자존감을 잃지 않도록 끊임없이 칭찬해 주었다. 그렇게 우리는 자신을 칭찬하고 서로를 칭찬하며 정말 힘든 시기를 이겨냈고, 영원히 함께하자며 부부가 되었다.

힘든 시기를 함께 이겨냈기에 서로에 대한 믿음으로 부부가 되었지만, 결혼 후에는 생각지도 못한 문제들이 또 기다리고 있었다. 많이 싸우고 울었지만 그런 중에도 끝까지 낙담하지 않을 수 있었던 것은 자기 자신과 상대방에 대한 존중과 신뢰였다. 그리고 그 존중과 신뢰는 지속적인 칭찬이 밑바탕이 되어 조금씩 쌓였다.

내 힘으로 더는 아무것도 할 수 없다고 주체할 수 없는 슬픔과 우울감이 몰려왔을 때, 끝까지 나에 대한 믿음과 신뢰를 잃어버리지 않으려고 부단히 노력했다. 여러 조건과 이유로 인해 살기 힘들 것 같다는 생각이 들었을 때, 그렇게 많은 어려움 속에서도 살아낸

나 자신을 칭찬했다. 스스로 힘들게 한 칭찬으로 많은 감정이 눈물로 맺혀 흘러나왔다. 그리고 그 어려운 순간을 극복한 나를 칭찬하며 살아가고 있다.

칭찬 한마디하는 것이 생각보다 힘들다. 하지만 더 강해져야 세상을 살아갈 수 있다는 이유로 잘못된 점을 지적해주는 것보다, 사소한 칭찬 한마디에 더 큰 힘을 얻는다. 마음을 둘러싸고 있는 우울감이라는 코트는 따뜻한 말 한마디에 벗겨질 수 있음을 믿는다. 그래야 그 외투 속에 꽁꽁 싸매고 있던 진짜 내 모습을 찾고 행복을 향할 용기를 얻을 수 있다. 그러니 오늘도 따뜻한 칭찬 한마디로 하루를 시작하자.

나 자신을 믿고 사랑하라

누구나 마음속에는 괴물이 있는 것 같다. 내 마음을 짓누르는 이 괴물은 한 마리 혹은 여러 마리일 수 있고, 크거나 작을 수 있다. 내 마음속에는 이런 괴물이 여러 마리가 존재한다. 특히 가장 큰 괴물은 내 자존감을 짓밟는 '니가 괴물'이다. 이 괴물은 내가 뭔가를 하고 싶다는 생각이 들고 행동에 옮기려고 하면 '니가?'라는 의심을 하게끔 만든다. 이 의심이 커지면 결국 '니가 뭘'이라는 결론이 내려지고 시작도 전에 자존감이 낮아진다.

학창 시절 성적이 잘 나오면 이 괴물은 움츠러들었다가 성적이 좀 안 나오면 커져서 내 마음을 마구 짓밟았다. 그래서 오랫동안 법조인이 꿈이었지만 매년 작성하는 장래희망 칸에는 성적에 맞게끔 나름 비웃음을 덜 당할 것 같은 기준으로 적어 냈다. 사람은 꿈의 크기에 비례해서 커진다는데 나는 내 얄팍한 마음의 크기에 꿈을 맞추려고 했다. 그래서 자존감도 낮아지고 실패할 때마다 결국 난 이것 밖에는 안 되는 사람이라고 확정지어버렸다.

이 책을 쓰고 있으면서도 '니가 괴물'이라는 마음이 끊임없이 나를 공격했다. 결국 아무것도 이룬 것이 없는 니가 무슨 책을 쓰냐고, 네 글을 누가 봐 주냐고 아우성 친다. 그래서 열심히 쓰다가도 며칠은 한 글자도 못 쓰고 그랬다. 내가 이겨야 할 가장 큰 상대는 내 마음에서 자라는 괴물이다. 나부터가 나를 의심하는데 과연 누가 나를 믿어 주고 지지해 줄 수 있을까?

한때는 세상 모든 걱정을 혼자 다하던 시절이 있었다. 앞으로 일어나지도 않을 일들을 미리 생각해 내고 온갖 걱정을 하던 내게 남편은 정말 상상력이 풍부하다고 했다. 어떻게 자신은 생각하지도 못한 것들을 생각해 내서 걱정하느냐고 말이다. 그리고 생각했던 대로 일이 되지 않으면 후회를 참 많이 했다. 결국 다른 방법으로 해야 했다고 참 많이도 후회했다. 그런데 문제는 기억력이 워낙 나빠서 그 많은 걱정과 후회들이 잘 기억나지 않는다는 것이다. 사람은 망각의 동물이라는데, 그런 의미로 난 너무 인간미가 넘치는 사람이다. 그래서 결국 실수를 반복하기도 한다. 앞으로는 잊어버릴 걱정과 후회를 할 시간에 실수를 잘 기억해서 반복하지 않도록 해야겠다. 이런 생각으로 다시 글을 쓰기 시작했다.

될성부른 나무는 떡잎부터 알아본다는 말이 있다. 이 말은 장래에 크게 될 사람은 어릴 때부터 다르다는 말이다. 난 사차원이라 친구들과 생각이 많이 다르긴 했지만, 군계일학처럼 남들보다 뛰어나서 다른 것은 아니었기에 크게 될 수 있는 사람일까 하는 의심이 생겼다. 그래서 후세에 길이 남은 위인들은 어떤 어린 시절을 보냈는지 궁금해서 찾아보았다.

세계적인 천재라고 생각했던 아인슈타인은 어렸을 때 발육이 늦은 지진아였고, 학교에 적응하지 못해 중퇴하기도 했다. 특정 과목에서만 뛰어났기에 모든 과목을 잘하도록 요구하는 학교생활에 적응하지 못한 것이다. 학교를 제대로 다니지 않아 상급학교 진학에 어려움을 겪었지만, 공부의 끈을 놓아버리진 않았다. 돌고 돌아 공부를 계속한 결과 34살에 교수가 되었고, 42살에는 노벨물리학상을 받았다. 그리고 호기심이 많은 또 다른 아이는 모두가 보는 앞에서 선생님에게 멍청이라는 소리를 듣고 충격받아 학교에 가지 않았다. 학습 속도가 느린 소년이었지만 끊임없이 책을 읽고 자신만의 연구를 계속해 나갔다. 멍청이로 여겨져 학교까지 다니지 않았던 소년은 자라서 수많은 발명품을 만들어내며 세상을 놀라게 했다. 본인의 이름으로 등록된 특허만 2,500개에 이르는 그는 우리가 잘 아는 에디슨이다.

어린 시절 내 마음에 가장 큰 감동을 준 동화는 《미운 오리 새끼》다. 남들과 다르다는 이유로 차별당하고 무시받는 동화책 속 오리의 모습이 작고 힘없고 못생긴 데다 오리를 닮은 내 모습과 겹쳐

보였기 때문이다. 하지만 결국 아름다운 백조가 되어 훨훨 나는 것을 보며 나도 언젠간 아름다워져 높이 날아오를 수 있다고 생각했다. 아름다운 백조가 새끼일 때는 못생겼던 것처럼, 위대한 사람이 고난이 많다고 믿으려 했다.

하지만 나는 얼마나 인간미가 넘치는 사람인가. 몇 번의 실패를 겪으며 그러한 믿음을 깡그리 잊어버리고 '니가 괴물'에 밟혀 아파하고 힘들어 했다. 가끔은 혼자 상대하기 벅차 주위 사람들의 도움을 받았다. 타인의 공감과 위로는 내게 큰 힘이 되어 주었고, 그 힘으로 마음속 괴물들을 물리쳤다. 그 괴물들이 보이지 않으면 무엇이든 더 열심히 하고자 하는 의욕이 생겼다.

퇴사하고 바로 이직하려는 계획이 틀어졌다. 열심히 이력서와 자기소개서를 쓰려고 했지만 내 마음속에서 강한 부정이 자꾸 고개를 들었다. 다시 회사에 다닐 생각을 하니 가슴이 답답했다.

통장 잔고가 줄어들수록 초조해졌지만 '니가 괴물'을 누르고 정말 의욕적으로 할 수 있는 일을 찾고 싶었다. 그래서 닥치는 대로 여러 책을 읽으며 내 경험도 돈이 될 수 있다는 사실을 느꼈고, 가끔은 실패가 성공보다 값지다는 것도 알 수 있었다. 무엇보다 내가 학창 시절 바라보았던 세상과 지금의 세상은 너무나 많은 것이 달라졌고 빠르게 변화하고 있다.

불현듯 어릴 때 막연히 꿈꾸던 책 쓰기에 도전하고 싶어졌다. 다시 한 번 '니가 괴물'이 튀어나와 나를 놀렸지만, 한 번 뜨거워진 가슴은 쉽사리 식지 않았다.

회사 다닐 때 바쁘다고 약속 잡기 힘들었던 동생 R을 퇴사 후에 만났다. 퇴사하고 집에 있다고 하니 R이 계속 만나고 싶다고 하면서 멀리 이사한 우리 집으로 찾아왔다. 나름 맛있는 것을 시켜주었는데, 몇 시간이 지나도록 별로 먹지 못했다. R이 여러 문제로 극도의 스트레스를 받아 우울감이 큰 상태였기에 할 말이 너무 많아서였다. 얘기를 들으며 공감하고 위로해주자 R은 기분이 많이 좋아졌다. 그런데 다시 일상으로 돌아가면 이 기분이 금방 사라질 것 같아 힘들다고 했다. R의 상태가 너무 걱정돼 조심스럽게 병원에 가서 전문가의 도움을 받아 보는 것이 어떻겠냐고 권했다. 하지만 R은 너무 힘들어서 나에게는 많은 것을 털어놓았지만 생판 모르는 사람 앞에서는 아무 얘기도 하고 싶지 않다고 했다. 아무리 전문가라도 나처럼 자신을 진지하게 이해해 주고 공감해주지 못할 것이라고 했다.

그 말을 들으며 많은 사람이 큰 우울감을 가지고 있으면서도 내색조차 하지 못하고 살아가고 있다는 것을 알았다. 그리고 대부분은 먼저 용기 내어 이러한 마음을 털어놓지 못한다. 자신의 말을 공감해주고 진심으로 자신을 위로해 줄 것이라는 확신이 있어야지만 깊은 속마음을 드러내는 것이다. 심리학과 상담을 잘 모르는 내 말에 큰 위로와 힘을 받는 R을 바라보면서 많은 사람이 이렇게 주위 사람에게 위로받고 힘을 주며 살아간다면 얼마나 좋을까 하는 생각이 들었다.

대부분이 전혀 모르는 남이 아니라 자신을 진심으로 사랑하는 가까운 가족이나 친구에게 상처를 많이 받았다. 사랑하는 사람에게 나도 모르게 큰 아픔을 주게 되고, 그로 인해 상대방은 큰 좌절감과 우울감에 빠진다. 그리고 그 아픔은 나에게 다시 상처를 입힌다. 이런 악순환을 끊는 방법이 없을까? 그런 방법을 찾고 연구하며 알린다면 주위에 행복한 사람들이 많아지지 않을까 생각이 들었다. 그리고 내가 그런 선한 영향력을 미칠 수 있는 사람이 될 수 있지 않을까 기대하자 가슴이 무척 뜨거워졌다. 되고 싶다. 그런 사람. 나는 될 수 있다!

우연히 세상을 서빙한다는 분의 강의를 들었다. 같은 해에 고등학교를 다닌 것으로 보아 나와 동갑이거나 또래 같았다. 내가 열심히 책상에 앉아 공부하는 동안 세상에서 다양한 경험을 하며 나와 다른 실패들을 많이 겪은 얘기를 들었다. 하지만 그 실패들을 창피해하지 않고 자신이 왜 실패했는지 이유를 알아내 담담히 말하는 것을 보면서 정말 큰 사람이라는 것을 느꼈다.

또한 흔히 말하는 직업의 귀천을 받아들이지 않고 자신이 하는 일을 창피해하지 않으며 그 일로 자신을 더욱 크게 만드는 것을 보면서 진정한 위인이라고 생각했다. 자신을 믿고 사랑하며 손님에게 친절히 대해 기쁨을 주었을 때 그 손님은 자신에게 기쁨을 돌려주었다. 그러면 그 기쁨을 다른 테이블에 앉은 손님에게 다시 전파하였다. 이러한 과정을 보며 결국에는 세상의 잣대가 아닌 내가 나를 온전히 바라보며 존중해야 한다는 것을 느꼈다.

진정한 위인이란 거창한 것을 하는 사람이 아닌 평범해 보이는 일상에서도 평범하지 않은 일을 하는 사람이다. 하루하루 똑같아 보이는 삶 속에서도 조금씩 다른 일과를 보내는 우리는 모두가 위인이거나 위인이 될 사람이다.

나는 경상도에서 나고 자라다가 경기도로 전학을 갔다. 당연하게 쓰던 내 말투가 친구들과 다르다는 것을 전학 가서 깨달았다. 그래서 조별 발표는 늘 내가 했다. 워낙 말이 많은데 사투리까지 쓰니까 지루한 발표시간에 내 차례만 되면 친구들이 눈을 빛내며 들었다. 그렇게 발표를 많이 하면서 남들 앞에서 말하는 것에 자신감이 붙었다.

새로운 환경에 적응하면서 사투리의 특성이 많이 사라졌고, 여러 지역을 떠돌면서 내 말은 어느 지역의 말도 아닌 어중간한 말투가 되었다. 어디에도 속하지 못하는 내 말투처럼 나는 어디에도 없는 독보적인 존재라고 믿기로 했다. 세상에 하나밖에 없는 나이기에 그 누구도 나를 대처할 수 없으니 얼마나 소중한 존재인가.

He can do. (그는 할 수 있다)

She can do. (그녀는 할 수 있다)

Why not me? (나는 왜 안 돼?)

I can do it! (나는 할 수 있다!)

고등학생 때, 영어 선생님께서 수업 시작하기 전에 저 문장들을 외치며 시작하자고 하셨다. 그래서 열심히 외쳤던 기억이 난다. 졸업하고 한참이 지난 지금도 가끔 저 문장들이 생각난다. '니가 괴물'이 활발하게 활동할 때마다 저 문장들을 무기처럼 들고 휘저었다. 때로는 나를 걱정한다며 헛된 꿈을 꾸지 말라는 사람이 있다. 성공하는 사람은 소수에 불과하고 나는 그런 소수가 아니라고 확정 지어버린다. 하지만 다른 사람이 해 낸 것을 혹은 해 내지 못한 것을 내가 무조건 못할 것이라는 보장은 그 어디에도 없다.

나를 진심으로 믿어주고 지지해주는 한 사람만 있다면 내 삶은 크게 바뀔 것이다. 그 한 사람은 바로 나 자신이다. 주위에서 나를 알아봐 주지 않는다고 낙담하지 말자. 어떤 것이든 나를 돋보이게 하는 무언가가 있다면, 그것으로 내 날개는 활짝 펴질 것이라고 믿는다. 내가 나를 믿고 사랑해서 날고자 마음먹었을 때, 비로소 더 높이 그리고 멀리 나는 나를 발견할 것이다. 아직 날개에 힘이 없고 가끔은 추락한다 해도 나의 굳건한 믿음으로 원하는 곳으로 날아갈 것이다. 우리들 모두 언젠가 백조가 될 미운 오리 새끼들이니까. 그래서 오늘도 힘차게 날아오를 내 모습을 떠올리며 열심히 푸드덕거리는 중이다.

'다음에'가 아니라 지금 당장

"시간은 돈이다."

"시간은 사람을 기다려 주지 않는다."

시간에 관한 명언은 참 많다. 그만큼 시간은 눈에 보이지 않지만 정말 중요한 것이다. 하지만 지금까지 시간이 중요하다는 것을 알고는 있었지만 실제로 체감해서 시간을 소중히 여기지 못하고 살아 왔다. 당장 눈에 보이는 이익에 급급한 나머지 조금이라도 물건을 싸게 사기 위해 시간 들여 열심히 최저가를 비교하고 찾아다녔다. 그리고 그걸로 몇 푼 아끼면 매우 흡족했다. 지금 생각해 보면 그 몇 푼 아낄 시간을 모아 더 생산적인 일을 할 수 있지 않았을까 싶다. 시간을 잘 활용하면 돈을 벌 수 있지만, 아무리 돈을 많이 벌어도 시간은 살 수 없으니.

"내일 당장 죽으면 오늘 이 시간을 후회할 것 같아요."

퇴사 고민을 한창 하던 중 한 선배에게 이렇게 푸념했다. 너뿐만 아니라 모두가 힘들게 산다는 말을 듣고는 참고 있었는데, 아무리 생각해도 이대로 계속 살면 안 되겠다는 생각이 강하게 들었다. 시간의 소중함을 깨닫고 나니 돈을 위해 내 시간을 허비하는 것이 너무도 아까웠던 것이다. 선배는 나보고 너무 극단적으로 생각하지 말라고 했지만, 이 젊은 나이에 멀게 느껴져야 할 죽음을 가까이에서 체험한 뒤로 시간의 소중함과 인생 방향에 대한 생각이 이전과는 크게 바뀌었다.

초등학생 때 함께 살게 된 후 할머니께서 엄마 역할을 대신해 주셨다. 특히 나는 부모님보다는 성격도 외모도 취향도 할머니를 많이 닮았다. 할머니와 함께 장 보러 다니면 나를 할머니의 늦둥이 아이로 오해하시는 분들도 많았다. 오일장이 열리면 할머니와 손잡고 강아지 보러 갔던 일, 밤늦게 출출하면 할머니와 국수 삶아 먹으면서 이런저런 이야기를 나누던 일 등 당시 일들을 생각하면 아직도 눈물이 핑 돈다. 엄마에 대한 그리움이 많았지만, 그래도 할머니가 계셔서 외롭지 않았다. 그 때에는 커서 돈 많이 벌면 할머니께 좋은 것 많이 사 드리겠다고 약속했었는데….

내가 고등학생이 되고 어느 날인가 아빠와 새엄마가 할아버지 할머니댁으로 들어오셨다. 내가 지내던 방을 내어 드리고 소파에서 자고 부엌 식탁에서 공부했다. 작은 지하 집에서 사촌언니까지 같이 살던 때라 늘 집은 북적거렸다. 한창 예민했던 시절에 내 공간이 없는 것도 싫었고, 나를 이해할 생각조차 없는 아빠와의 갈등은 극에 달해 서로 말도 하지 않았다. 그래서 집에 있는 것이 너무 싫었다. 평일에는 학교에서 야간 자율학습을 하고 막차 타고 늦게 집으로 갔고, 주말에는 다른 학교에 다니던 중학교 동창 친구들과 놀거나 도서관에서 하루를 보냈다. 고3 때는 아예 짐 싸서 나와 독서실에서 살다가 지방 대학에 입학한 뒤 거의 집에 가지 않았다.

할머니가 많이 보고 싶었지만, 당시에는 눈앞의 돈과 성공이 더 중요했다. 다니던 대학교에서 시골집까지 두 번 버스를 갈아타야 갈 수 있는데, 그 시간과 돈이 너무 아까웠다. 나중에 서울로 오면서 거리가 가까워졌을 때도 공부와 아르바이트에 치여 가지 못했다. 그러다 공부를 포기한 후에는 우울감이 몰려와 집 밖으로 나오지 않았다.

꽤 오랜 시간이 흘러 취직해서 정신없이 지내던 어느 날, 할머니의 암 판정 소식을 들었다. 믿기 힘들었다. 상태가 많이 안 좋다는 소식에 당시 교제 중이던 지금의 남편과 함께 할머니를 뵈러 갔다. 할머니께서는 환히 웃으시면서 남자친구가 참 마음에 든다고 하셨고, 매점에서 이것저것 사 달라고 하셨다. 우려와는 달리 표정도 밝으시고 잘 드시는 모습을 보고 안심하며 자취집으로 돌아온 바로 얼마 뒤 할머니께서 돌아가시는 꿈을 꾸었다. 펑펑 울다가 깨어났는데, 할머니께서 돌아가셨으니 바로 오라는 연락이 왔다. 처음 전화를 받았을 때는 아직도 꿈에서 깨지 못한 줄 알았다.

할머니께서 돌아가시고 몇 달 뒤에 결혼했다. 결혼식까지는 보셨으면 했는데…. 나와 식성이 거의 같으셨기에 한동안은 맛있는 것을 먹으면 '할머니도 이것을 참 좋아하셨는데'하는 생각이 나 울적했다. 할아버지께서 할머니가 나를 많이 사랑하셨다고 했다. 내가 오면 주겠다고 늘 품에 용돈을 넣고 다니셨다고 했다. 나는 늘 성공하면 좋은 것 많이 사 드려야지 했는데, 정작 할머니께서 바라신 것은 그게 아니었다보다. 내게 작은 용돈을 쥐어 주시는 게 그분의 가장 큰 행복이 아니었을까? 지금 악착같이 모은 내 전 재산을 털어서라도 할머니를 뵐 수 있다면 그렇게라도 할머니를 뵙고 싶다. 왜 사람들이 뒤에 후회하지 말고 있을 때 잘하라고 하는지 뼈저리게 느꼈다.

할머니의 죽음 이후 생각도 많이 바뀌었다. 하루하루 흘러가는 시간이 너무 소중했다. 그리고 내 주위 사람들이 더 소중하게 느껴졌다. 그렇게 그리워했던 엄마지만 막상 만나고나니 많이 싸웠고, 실패를 겪을 때마다 엄마 탓을 하며 원망도 많이 했다. 하지만 엄마마저 어떻게 되면 지금보다 더 후회할 것 같아 원망하는 것을 멈추고 엄마 마음을 이해하려고 노력했다. 아빠와의 관계도 조금씩 풀려고 노력했다. 그래서 지금은 서로 따뜻한 말을 주고받을 수 있는 관계가 되었다.

오랫동안 내가 처한 환경을 바꾸려고 무진장 노력했다. 지금 처한 환경이 만족스럽지 않아, 내가 원하는 대로 환경이 바뀌면 행복할 것이라고 생각했다. 그래서 쉽게 바뀌지 않는 환경에 절망했다. 하지만 꼭 환경이 바뀌어야 행복할 수 있을까? 지금 이대로는 절대 행복할 수 없을까? 힘들어 절망에 빠져 있던 그때에도 사랑하는 사람과 함께했던 일들이 너무 소중하다. 비록 현재 삶이 과거에 바랐던 모습과 일치하지 않지만, 불행하다고 생각되지는 않는다.

"내일 죽을 것처럼 오늘을 살아라!"

우연히 이런 글귀를 본 적이 있다. 그때는 적어도 내가 80살은 살 것이라고 생각했기에 크게 와 닿지 않았다. 하지만 여러 일을 겪으면서 사람의 마지막 날은 누구도 알 수 없다는 것을 깨달았다. 내가 후회 없는 삶을 살고 싶다고 했더니, 어떤 분이 그러다 백 살까지 살면 어떻게 할 거냐고 하셨다. 난 시간을 흥청망청 쓰겠다는 것이 아닌데, 사람들은 후회 없이 지금을 살고 싶다고 하면 철이 없다고 하거나 노후 준비는 안 할 거냐고 되묻는다. 하지만 내게 주어진 시간이 얼마나 남았는지 알 수 없는데, 언제까지 하고 싶은 일을 뒤로 미룰 수 있을까?

퇴사 후 다가올 미래에 대한 불안감과 유산 후 가시지 않은 우울감으로 한동안 집에만 있다가, 이 기회에 배우고 싶었던 것을 마음껏 배우자고 마음 먹고, 제대로 공예를 배워보기로 했다. 교육원에 가서 이것저것 배우는데 어느 날 나를 가르치는 선생님이 이렇게 말씀하셨다.

"저는 제가 하고 싶은 일 다 해서 내일 죽어도 여한이 없어요."

순간 너무 놀라 아무 말도 못했다. 그렇게 말하는 사람을 본 적이 없었다. 이 선생님은 원래 간호사였다고 한다. 여러 병원에서 오랫동안 일을 했는데 오전까지 멀쩡하게 이야기를 나누던 환자가 오후에 돌아가시는 것을 보고 충격을 받았다고 했다.

특히 호스피스 병동에서 일하면서 돌아가시는 환자분을 많이 봤는데 그분들을 보면서 많은 생각이 들었다고 했다. 한 번뿐인 인생, 지금이라도 하고 싶은 일을 해 보자는 생각이 간절히 들었을 때가 30대였다고 했다. 작은 지하상가에서 시작해 지금은 교육원으로 크게 확장하고 여러 일을 하면서 살고 계시다.

본인이 좋아하는 일을 하면서 여러 사람을 만나는 삶이 너무 만족스러워 당장 내일 죽어도 여한이 없다고 했다. 그 말을 들으니 내가 좋아하는 일을 하면서도 돈을 벌 수 있겠구나 하는 생각이 들었다. 그 분을 보며 내가 진심으로 원하고 좋아하는 일을 찾아 기쁘게 하면서 그것으로도 수익을 내는 방법을 찾아야겠다고 마음 먹게 되었다.

'1만 시간의 법칙'이라는 말이 있다. 어떤 일이든지 오랜 시간 계속하면 그 분야에서 최고가 될 수 있다고 한다. 그렇게 오랫동안 파고들어 최고가 되려면 내가 그 시간을 견뎌 내야 하는데, 흥미가 없는 일을 그렇게 오랫동안 할 수 있을까? 언젠가 하고 싶은 일을 할 수 있도록 싫어하는 일을 붙잡고 있으면 도태되지 않을까? 그렇게 살다보면 내가 하고 싶은 일을 할 수 있는 그 날이 과연 오기는 할까?

여러 이유로 미뤄 두었던 일들이 있다면 지금이라도 늦지 않았으니 하나씩 시작해 보자. 한꺼번에 많은 것을 할 수 없어도, 당장 작은 것이라도 시작해 보자. 그리고 주위 사람들에게 사랑의 언어로 이야기 하자. 지금 이 시간과 곁에 있는 사람은 영원히 존재할 수 없으니, 정말 있을 때 잘해보자.

의욕이 부활하면

어려서부터 '나는 어떤 사람일까?' '나는 왜 태어났을까?' '나는 무엇을 해야 할까?' 등 생각이 참 많았다. 이 생각들이 긍정적일 때는 행복감을 주었고, 부정적일 때는 절망하게 만들었다. 신기하게도 부정적인 생각은 가만히 있어도 잘 나는데, 긍정적인 생각을 하려면 많은 노력이 필요했다.

자꾸 아프다고 호소하는 나에게 누가 생존을 위해서라도 운동을 하고 몸 관리를 하라고 했다. 그런데 워낙 운동을 좋아하지 않기에 '운동해야지'하면서도 좀체 실천하기가 힘들다. 대신 스트레스라도 줄이려고 억지로 좋은 생각을 하며 우울한 마음을 다독이며 마음 근력을 키우는 훈련을 했더니 신기하게 아픈 횟수가 확 줄어들었다. 정말 만병의 근원은 스트레스인가 보다.

242 가장 나다운 것을 찾아 떠나는 여행

사람은 나이가 들수록 겁쟁이가 되어간다. 어렸을 때는 마음만 먹으면 무엇이든 할 수 있을 것이라고 생각했다. 불의를 보면 참지 못했고, 다 같이 살기 좋은 세상을 만들어야 한다고 역설했다. 대학생 때 한 모임에서 이런 내 생각을 말했는데, 그 자리에 있던 어떤 사람은 세상 물정 모른다고 비웃었다.

당시에는 매우 기분 나빠하며 내 꿈을 꼭 이루겠노라고 다짐하고, 인권 문제에 많은 관심을 가지고 열심히 공부했다. 하지만 어느 순간 원하는 직업도 갖지 못하고 돈이 없어 힘들어하고 있는 내 모습을 보면서 내가 헛된 꿈을 꾸고 있다고 생각했다. 의욕이 사라짐과 동시에 좌절이 찾아 왔다. 그러면서 관심 있게 읽었던 인권 관련 책을 덮고 한동안 경제 관련 서적과 인·적성 검사 문제집만 보았다. 취직한 뒤로는 책조차 잘 읽지 않았다.

퇴사를 감행한 후 나를 위한 선물로 나만의 서재를 만들었다. 이사 다니면서 많은 책을 버렸지만 차마 버리지 못하고 끝까지 가지고 온 책들을 다시 꽂아 놓았다. 의욕 넘치던 그 시절을 회상하면서. 그렇게 책들을 보다가 한때 많이 좋아하고 반복해서 읽었던 《왜 세계의 절반은 굶주리는가?》라는 책의 앞부분에 내가 꾹꾹 적어 놓은 글귀를 보았다.

"지금 나에게 자꾸 시련이 오는 것은 훗날 내가 큰 인물이 될 꺼라는 징조라 생각하자. 어렵고 힘들 때마다 나보다 더 낮은 사람들을 생각하고, 그래도 나에겐 그 사람들을 도울 수 있는 능력이 있음에 늘 감사하며 행복하게 살자. 어떠한 일이 다가와도 주저앉지 말고 당당히 맞서서 꼭 내 비전을 이뤄내자. 파이팅 구본경! 내일은 더 행복할 거야. ^^" 2009년 11월 7일

세상을 너무 몰랐고 만만하게 봤던 그때의 패기를 지금 다시 가져보려고 한다. 훗날 미래의 내가 지금의 내 모습을 돌아본다면 다시 의욕을 가져 준 것을 참 감사히 여길 것이다. 여러 이유로 의욕을 놓아 버렸을 때, 내 삶도 놓아 버리고 싶은 충동을 느꼈다. 만약 내가 더 모진 마음으로 소중한 내 삶을 놓아 버렸다면 그 후에 느꼈던 행복함은 절대 경험하지 못했을 것이다.

오랜만에 친한 친구에게서 전화가 왔다. 학창 시절 힘들어 하던 내 모습을 옆에서 지켜본 친구였다. 이런저런 이야기를 나누다 보니 둘 다 웃으며 오래 된 추억을 하나씩 꺼내 들었다. 학창시절 가출하려 했을 때 나를 잡아 주어서 참 고마웠다고 쑥스럽게 오랫동안 묻어 두었던 마음을 고백했다. 그러자 친구가 "이제 와 하는 말이지만, 그때 네가 끝까지 집으로 안 간다고 했으면 우리 집으로 데려가려고 엄마에게 허락까지 받았었어"라고 했다. 그 친구는 할머니가 돌아가셨을 때도 울고 있는 내게 한 걸음에 달려와 주었다. 친구는 옆에서 나의 상황을 오랫동안 지켜보면서 나보다 더 속상해하고 화를 많이 냈다. 그러면서 옆에서 지켜본 사람도 화가 나는 상황

을 잘 견뎌 낸 내가 참 대단하다고 해 주었다.

그리고 또 친하게 지내는 언니 한 분의 전화도 받았다. 대학생 때 돈이 없어 굶고 있는 것을 안 언니는 비바람이 부는 날 본인만큼이나 커다란 상자에 온갖 간편 식품을 넣어서 낑낑거리며 기숙사 앞으로 찾아왔다. 언니가 돌아간 후 좁은 방에서 혼자 그 음식을 먹으며 펑펑 울었다. 한때는 너무 슬프고 힘들다고만 생각했는데, 이토록 따뜻한 사람들이 주변에 있다고 생각하니 너무 감사하고 행복하다. 이렇게 웃으면서 사람들과 힘들었던 시절을 이야기하는 날이 오다니, 당시에는 상상도 못했었다.

지금 어떤 것을 이루지 못했다고 우울해 있는 사람이 꽤 많을 줄로 안다. 하지만 지금 상황이 어떻든지 버텨낼 것이라는 믿음만 있으면 된다. 그러면 훗날 지금을 뒤돌아봤을 때 감사할 수 있을 것이다. 얼마나 힘들고 아팠는지는 누구보다 자신이 가장 잘 안다. 그러기에 그 순간 얼마나 힘들었는지는 미래의 나도 기억하고 있을 것이고, 버텨낸 지금의 나 자신에게 감사하게 될 것이다.

우리는 모두 자신만의 어려움, 그리고 상처를 품고 살아간다. 나보다 더 많은 상처를 지닌 사람도 있겠지만, 그렇다고 해서 내 상처가 덜 아픈 것은 아니다. 간혹 큰 어려움 없이 무탈하게 살아가는 것처럼 보이는 사람도 있다. 그런 사람을 보면 상처받아 울퉁불퉁한 내 삶이 너무 못나 보인다. 많은 상처를 받을수록 내 마음은 해졌지만, 그만큼 마음 속의 공간이 커졌다. 내가 아파보았기에 타인의 아픔에 공감하고 위로의 말을 할 수 있었다. 그 공감과 위로는 돌고 돌아 다시 나에게로 돌아왔고, 그 덕분에 의욕을 가지고 살아갈 수 있게 되었다.

내가 내 아픔에 취해 주위를 보지 못했던 적이 있었다. 그때 나를 꼭 안아 주고 내 눈물을 받아 준 소중한 사람들이 있었다. 그 덕에 내 상처를 치유할 수 있었고, 그 만큼의 내공이 생긴 다음에는 내가 사랑하는 사람들을 품어 줄 수 있었다. 가정에 아픔이 컸던 만큼 새로 만든 소중한 내 가정은 아픔 없이 사랑으로 만들어 가고 있다. 후에 태어날 소중한 생명을 더 큰 사랑으로 품어 내가 보지 못한 아름다운 세상을 보여 줄 것이다.

내가 젊을 때 꾸었던 꿈은 절대 헛되지 않았다. 내가 겪은 시련이 꿈을 포기하게 만들었다고 생각했지만, 그 시련 속에서도 나의 의지는 성장하여 다시금 꿈을 꿀 수 있게 되었다. 의욕을 잃지만 않으면 시련도 좋게 보이고 문제될 것은 아무 것도 없다.

지금 이 순간 고통만 있다고, 내 편은 없다고 생각하며 좌절하지 말자. 아픔에 취해 있는 동안에는 내 편조차 보이지 않는다. 이렇게 만난 적도 없는 내가 당신의 찬란하게 빛날 인생을 믿고 응원하고 있지 않은가. 그러니 더는 자신에게 상처 주지 말자. 자신이 가진 가장 아름다운 향기로 자신의 삶을 꽃 피우고, 그렇게 세상을 아름답게 하자.

어제의 꽃

구 본 경

그렇게 시든 꽃은 더 이상 나무의 것이 아니다.
그렇게 저버린 꽃은 더 이상 나무의 것이 아니다.
어제 나무는 슬픔에 몸을 떨었다.
하지만
지금 나무에겐 더 값진 열매가 맺히고 있다.
꽃보다 더 크고 탐스러운 열매가 ….
나무의 주름진 입가엔 어느새 미소가 번졌다.

어제 흘린 눈물은 더 이상 나의 것이 아니다.
그렇게 쓰라린 눈물은 더 이상 나의 것이 아니다.
어제 나는 고통에 고갤 떨구었다.
하지만
나에겐 또 다른 눈물이 맺히고 있다.

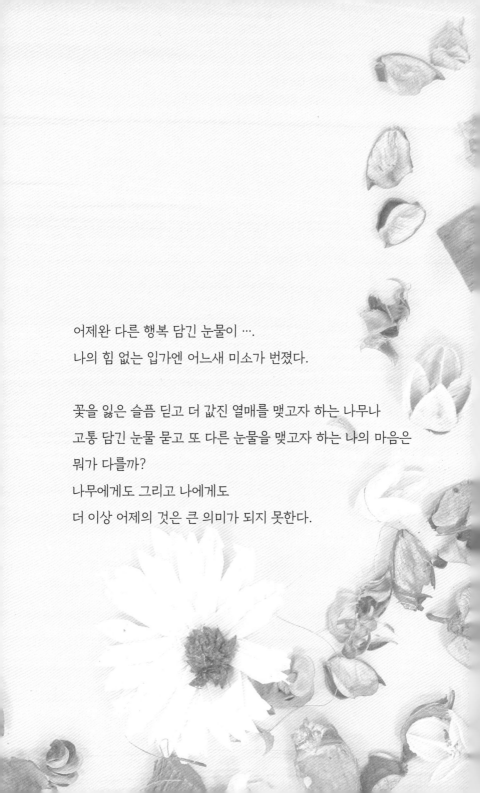

어제완 다른 행복 담긴 눈물이 ….
나의 힘 없는 입가엔 어느새 미소가 번졌다.

꽃을 잃은 슬픔 딛고 더 값진 열매를 맺고자 하는 나무나
고통 담긴 눈물 묻고 또 다른 눈물을 맺고자 하는 나의 마음은
뭐가 다를까?
나무에게도 그리고 나에게도
더 이상 어제의 것은 큰 의미가 되지 못한다.